小学館文庫

龍の後宮

宮池貴巳

小学館

目次

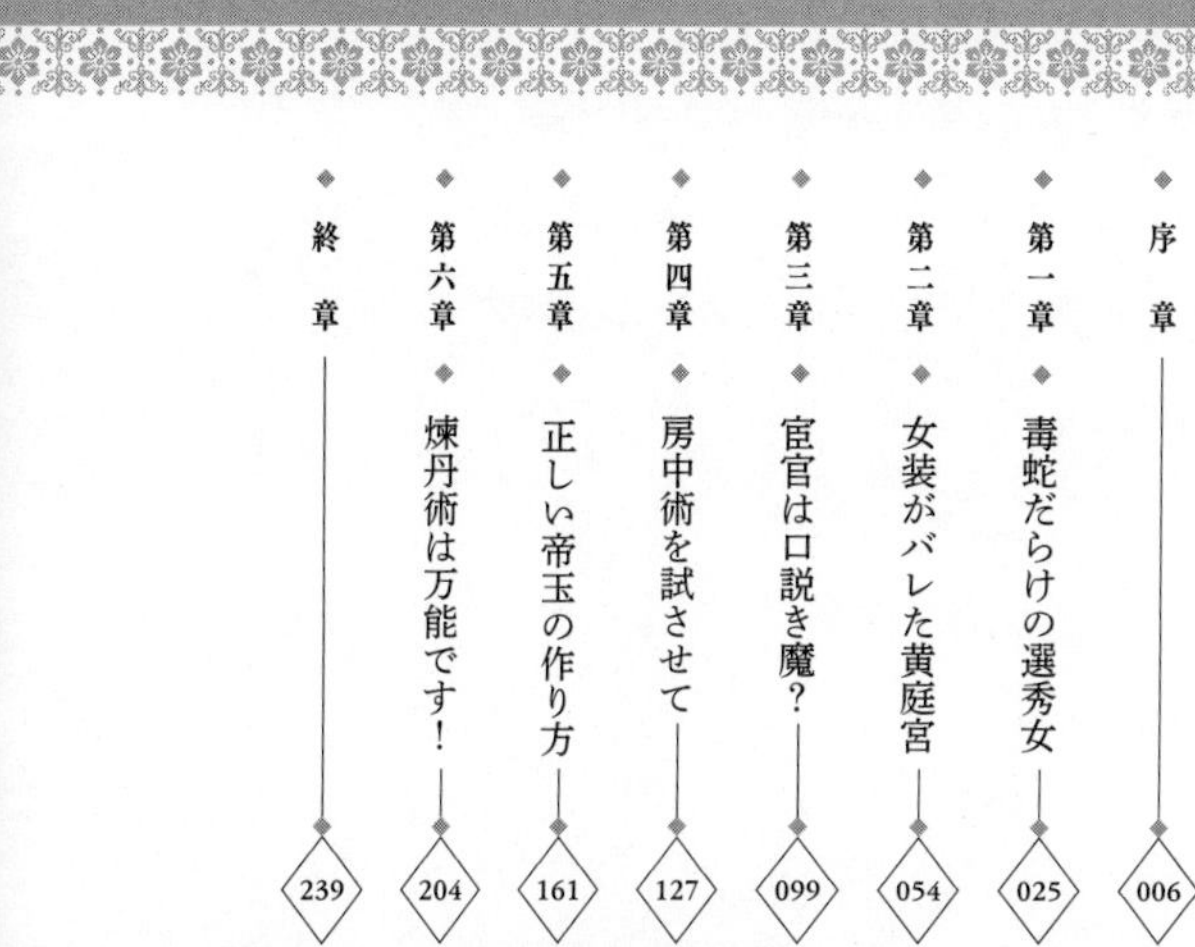

龍の後宮

かつて神は龍の子らにこの地を与えたもうた。
すなわち四つの海とそれに囲まれた中原の地を。
島々の織りなす四海を統べるは、四人の龍王なり。

東の海を統べるは青龍王。水晶宮に住み、木を操る。
南の海を統べるは紅龍王。紅宝(こうほう)宮に住み、火を操る。
西の海を統べるは白龍王。真珠宮に住み、金を操る。
北の海を統べるは黒龍王。黒曜宮に住み、水を操る。

そして、彼らを統べるは黄龍王。土を操り琥珀宮に住まう我らが上帝なり。
これ、天の理(ことわり)とす——。

大瓏(だいろう)帝国『葬神記』より

序章

ドンッという爆音があたりに轟(とどろ)いたのは、庭院(にわ)に百日紅(さるすべり)が咲き誇る初夏の昼下がりだった。

音の出所は、屋敷の片隅に建つ粗末な小屋――。

そのなかで爆風に飛ばされて尻餅をついていたのは、二十歳をいくつか超えたばかりの、たおやかな娘だった。とはいえ、そのすべらかな頬は煤(すす)で薄く汚れ、梳(くしけず)れば絹糸のように艶やかなはずの黒髪も、乱れてぼさぼさである。

しかし当の娘――朱瑛(しゅえい)は、そんなことを気にとめる様子もなく、目の前で一瞬燃え上がった火柱に、目をぱちくりとしばたたかせる。そしてうっとりとした声をもらした。

「ああ。なんて美しい紫色の火柱なんでしょう……！」

思いを募らせた殿方にようやく会えたかのように、朱瑛は両頬を手で包みこみ

「ほぅ」と息をつく。

そのまま瞳を閉じ、瞼の裏に焼きついた紫檀色の光焔を幾度となく反芻する。

「炎色反応はいろいろありますが、硝石を用いた炎はやはり格別ですわね。苛烈でありながらも艶やかで、本当に素敵ですこと」

何度見ても飽きることがないと、朱瑛が「うふふふ」と偏執的な笑みを浮かべているときだった。小屋の外で、ドタドタとこちらに駆けてくる足音が聞こえた。

「おまえはまたなにをやっているのだ、朱瑛ぃぃぃ！」

バタンと扉が開き小屋に飛びこんできたのは、彼女の異母兄——暁安だった。三爪の蟠龍を縫いとった臙脂色の官服を身にまとっているからには、出仕している紅宝宮から帰ってきたばかりなのだろう。

着替えの最中だったようで、紅龍王の臣下であることを示す紅玉を下げた腰帯もなく、首元の留め紐も中途半端に解かれたままだ。よほど慌てていたのか、足にまとわりつく裾を、下穿きの褲子が顕わになるほどたくし上げている。

「お兄様、ごきげんよう」

いつも几帳面な兄にはめずらしく着乱れた様子の暁安に、朱瑛はまずそう挨拶した。三十歳を超えたばかりのこの兄は、普段から礼儀にうるさく、神経質なところがあるからだ。

　しかしそれを聞いた暁安は、さらに怒りを込み上がらせたように声を荒らげた。

「ごきげんなわけあるか、ボケ！　なんだこの黒煙は――って、穴が開いているではないか！」

「まあ、本当ですわね」

　朱瑛は兄の指先をたどってはじめて、小屋の天井にぽっかりと穴が開いていることに気づいた。

　そこから覗く青空は黒く霞んでおり、首を傾げながら彼女は小屋のなかへと視線を転じる。すると土壁があちこちえぐれて藁が剝き出しになっており、ぱちぱちと小火がくすぶっている。

「あら、大変」

　天井からいまだぱらぱらと舞い散ってくる木屑のことなど、まったく気に留めることもなく、朱瑛はおっとりと火を消そうとした。しかしその前に、暁安が忙しなく走りまわり、割れ残った甕から柄杓で水をかけていく。

「本当に、おまえは、いったいなにを――」

最後の火を消しおえた暁安は、ゼイゼイと肩で息をしながらあたりに散乱しているものを睨みつけた。すなわち、野草や鉱物をすりつぶすための薬研や乳鉢など、およそ年頃の娘が使うとは思えない道具の数々を――。

朱瑛は、足元に転がっていた金属などを煮溶かすための三本脚の器――鼎炉を拾いあげた。そしてさきほどの爆発でひしゃげたところを愛おしげに撫でながら、あっけらかんと答える。

「なにって、煉丹術に決まっているではありませんか」

「お、ま、え、という奴は――！」

卒倒しそうな勢いで暁安は叫んだ。

不老不死の霊薬――仙丹を作るという煉丹術に執念を燃やし、危険で妖しげな研究に日夜耽溺している朱瑛を、彼は日ごろから快く思っていないのだ。

「寝言は布団のなかで言え！　不老不死など、布施目当ての方術士たちのでっちあげに決まっているではないか!!」

「まあ、お兄様は煉丹術を信じませんの？」

「あたりまえだ！　だいたいなんなんだ、さっきの砲撃みたいな音は？　いったいなにがどうなって、こんな有様になったんだ!?」

暁安が室内の惨状を眺めまわすと、朱瑛は長い睫毛に縁取られた瞳を哀しげに伏せた。

「ごめんなさい、お兄様。どうやらわたくし、硝石の配合を間違えてしまったようですの。鼎炉の火を強めたくて、ふいごを大きなものに変えようと取りに行っているすきに、突然爆発してしまったのですわ」

うそぶく朱瑛に、暁安は「あああああ！」と頭を抱えてしゃがみこんだ。

「父上が、母がはやくに亡くなったからと、おまえを甘やかしたのが悪かったんだ。せっかく龍玉を持って生まれてきたというのに、おまえときたら……」

「こんなたいして役に立たないものなんて、どうでもよいですわよ」

わめく暁安を煩わしく思いながら、朱瑛は腰から佩玉(はいぎょく)として下げている赤褐色の珠(たま)をつまみあげる。それは彼女が生まれたときに握りしめていたものらしく、古来この国では、龍の力の結晶として珍重されてきたものだ。

龍の末裔(まつえい)と言われている大瓏(だいろう)帝国の民は、かつてはこの珠のおかげで長寿を誇り、みな不思議な力を持っていたという。

しかし時代の下った今では、人は百年生きることさえかなわず、龍玉を持って生まれる者さえまれである。例外は、帝室や龍王家くらいのものだろう。龍の力を扱えるのも、特別な訓練を積んだ神官くらいだ。

「役に立たないとはなんだ！　おまえが龍玉を持って生まれたのは、傍流とはいえ我が家が、紅龍王家の血を引いていればこそなんだぞ⁉」

紅龍王とは、四海を統べる龍王のひとりであり、この大瓏帝国において上帝陛下に次ぐ地位にある。その血をわずかながらも引いていることは、暁安にとっては唯一とも言える誇りらしい。

「龍王家直系の方々でさえ、近頃は玉をお持ちでない方もいらっしゃるというのに……。それがどれほど名誉なことか、おまえにはありがたみというものが理解できんのか⁉」

「この珠で仙丹が作れるというのでしたら、いくらでもありがたみを感じるのですけれどもねえ」

頬に手を当て、朱瑛は他人事のように言った。

「だってわたくしがコレを持っていてできることといったら、せいぜいこのくらいなんですもの」

そう言って朱瑛は指先に意識を集中する。すると次の瞬間、そこにぽっと火が灯った。

太陽の下では、ついているかどうかさえわからないくらいの、かすかな炎――。

これが龍玉を持っていることで朱瑛ができるすべてである。しかもあまりにささやかすぎて、この珠のおかげかどうかさえわからないほど、あいまいな力だった。

「この程度であれば、神官のお札のひとつでも持っていれば事足りますし、そもそも近くの火種から手で火を移したほうが早いんですもの」

そのうえ仙丹の材料になるわけでもないのだから、ありがたがる理由などないではないか。そう朱瑛は肩をすくめるが、しかしその程度さえできない暁安は面白くないのだろう。

「……言っておくが、私は父上とは違うぞ？　おまえの妖しげな煉丹術になんて、ビタ一文だって出さないからな！」

「まあ、横暴ですわ」

それを言われると、朱瑛は黙るしかない。

父の死後家督を継いだ兄が理解してくれなければ、煉丹術を続けることは困難だからだ。なにせ煉丹術は、材料である鉱物や薬草だけでなく、専用の装置などそろえねばならないものが多くて、とにかく金がかかる。

「困りましたわね。どこかに丹砂(たんさ)を大量に下さるような、気前のいい方はいらっしゃらないかしら。そもそもお兄様には、わたくしに丹砂を買ってくださるような甲斐(かい)

性(しょう)もありませんし」

「悪かったな、甲斐性がなくて！」

　丹砂とは、煉丹術でもっとも重要とされる鉱物のひとつだ。赤褐色をしていて、一部の地域でしか産出できない貴重なものである。そのため非常に高価で、喉から手が出るほど望んでも、わずかな量しか手に入れられない。

「ああもう、観念してさっさと嫁に行け！　いや行ってくれ!!　煉丹術と称して、このまま家を焼かれでもしたらたまらない。——いや、待てよ？」

　しかし頭を掻(か)きむしるようにして叫んだ暁安が、ふとなにかに思い至ったかのように言葉を止めた。そしてまじまじと朱瑛を見つめてくる。

　黒目がちのきらきらとした瞳に、白磁のような肌に映える桜桃のような唇——。その華奢(きゃしゃ)な腕のなかにある一抱えほどのふいごに覚える違和感はとてつもないが、煉丹術のことさえ語らなければ、朱瑛の容姿は悪くないのだ。

「実は先日、おまえの龍玉のことを、紅龍王様に申し上げたのだ。そうしたら今度おまえを連れてくるようにとおっしゃってな。……もしかしたら、おまえを紅龍王家のどなたかと娶(めあわ)せたいと考えておられるのかもしれんぞ！」

「まあ、お兄様ったら」

期待に目を輝かせた異母兄に、朱瑛はころころと笑った。

「とうとうボケてしまわれたの？　龍玉があろうとなかろうと、龍王様ともあろう方が、我が家ごとき三流の家を相手にされるはずありませんのに」

「我が家のどこが三流なのだ!?」

暁安は、とうとう泣きつくように朱瑛に訴えだした。

「いいか、朱瑛よ。紅龍王様の前では、そのように不用意な言葉を垂れ流すなよ？　おまえには、おかしなことばかりやってないでさっさと嫁に行ってもらわなければ、私が困るのだ」

「そうですわねえ。紅龍王様がわたくしに丹砂をくれるとおっしゃるのなら、考えてもいいのですけれども」

まさかそんな話にはならないでしょうがと、朱瑛は笑う。

「いずれにしても、紅龍王様のお招きとあれば、断るわけにはいきませんわね。いいですわ、とりあえずお伺いいたしましょう」

どのような用件かは気になるところだが、眉尻を下げたままの兄に朱瑛はそう答えたのだった。

そうして朱瑛が、この大瓏帝国の南部を治める紅龍王の宮殿——紅宝宮へと連れられて来たのは、二日後のことだった。

島々によって織りなされる紅龍王の領地のなかでも、紅宝宮はひときわ大きな島にある。暁安が毎日出仕しているところであり、朱瑛の屋敷がある島からもそう離れていないため、船に乗ればすぐに到着した。

「まあ、紅龍王様のお住まいは、本当に煌(きら)びやかな宮殿なのですね」

外観を目にしたことはあっても、なにしろ入るのははじめてだ。朱瑛は、足を踏み入れるなりその壮麗な様相に感嘆の声をもらした。

紅色を基調に飾りたてられたその宮殿は、その名のとおり、いたるところに紅宝石(ルビー)があしらわれていたからだ。

正殿にあたる燁光(ようこう)殿も、緋色(ひいろ)の毛氈(もうせん)が床を覆い、真紅の絹で窓や扉が飾りつけられている。それだけでなく格天井(ごうてんじょう)の一枚一枚にさえ玉を握りしめた紅龍が描かれ、また玉座の両側から延びる列柱は、すべて紅尖晶石(レッドスピネル)で隙間なく装飾されていた。

調度のひとつひとつまで宝玉が輝く様は、常人であれば目もくらむほどだ。朱瑛もそれらを眺めながら、うっとりとした声をもらした。

「まあ、めずらしい鉱物がたくさん……。仙丹作りに役立ちそうなものばかりですわ」

不老不死の霊薬たる仙丹作りには、姿を変えずに悠久の時を刻みつづけることのできる鉱物を多用する。それらを火で煮溶かし、ときによってはその蒸気を冷ますことで純度の高い物質を取り出し、煉りあげることが肝要だ。

草木を使う方法は今も健在だが、最近ではもっぱら汞や鉛、金などから丹薬を作ろうというのが煉丹術の主流なのである。

「おまえは、そういう基準でしかものを見られないのか……？」

「当然ですわ。それ以外になにかありまして？」

「腕環でも簪でも、いくらだってあるだろう！」

宝玉で身を飾るという発想は、朱瑛にはないらしい。堂々と言い放った妹に暁安は吠えたてるが、彼女はかまわずに室内を物色する。

その様子をあきらめたように眺め、そして暁安はぼそりとつぶやいた。

「そういえば朱瑛。言い忘れていたが、紅龍王様を見ても驚くなよ」

「まあ、どういう意味ですの？」

朱瑛がそう首を傾げたときだった。

「そんなに気に入ったのなら、なにかひとつあげちゃおうかしら」

やわらかい口調とはうらはらの野太い声が聞こえて、思わず朱瑛は振り返った。

そして次の瞬間、彼女は殿内へと入ってきた筋骨隆々とした偉丈夫に目をぱちくりさせた。なぜなら長袍をまとった巨漢の首から上には、極楽鳥もかくやとばかりの色鮮やかな化粧が施されていたからである。

「まあ、可愛らしいわね！　ずいぶん化粧ばえしそうな子じゃないの」

彼は上機嫌で言うと、両手で朱瑛の頬をはさみこんだ。視界の隅に映る指環を連ねた太い指から目を離せないでいると、そのまま頬ずりされそうになり、さすがの朱瑛も後ずさる。

「これは、紅龍王様！」

「ああ暁安ちゃん。ご苦労様ね」

拱手する兄にそう声をかけるからには、やはりこの人が二年前に代替わりをしたばかりだという紅龍王なのだろう。四爪の降龍が刺繍された深緋色の長袍を身につけていることからも、それは明らかだった。

「お気持ちはありがたいのですが、わたくしが本当に欲しいものはここにはないようですわ」

気を取り直した朱瑛は、彼の両耳から垂れる紅榴石（ガーネット）の耳環から、胸元を飾る紫水晶（アメジスト）の連珠に視線を移動させながら答えた。そしてようやく彼の腰帯から下げられている赤褐色の珠に気づく。

龍玉だろうかと、挨拶も忘れて朱瑛は見入った。自分以外の人が持つ玉を目にするのは、はじめてだったからだ。

「あら、そうなの？　じゃあ本当に欲しいものはほかにあるってことね？　それはなんなのかしら」

「煉丹術に使う丹砂ですわ」

「朱瑛ぃぃぃ!!」

ようやく紅龍王に慣れてきた朱瑛が素直に口にすると、隣で紅龍王家との縁談が見込めるのではないかと皮算用していた暁安が、ひいいと悲鳴を上げた。

「ああああ！　紅龍王様、違うのです。妹の朱瑛は、たしかに好奇心が強すぎるがゆえに煉丹術などというものにうつつを抜かす変わり者ではありますが、それ以外は教養も高く、楽（がく）に明るく、刺繍の腕もたしかな完っ璧な娘でございます！」

「まあお兄様ったら。わたくしが弾ける楽器なんて、琵琶（びわ）くらいではありませんか」

朱瑛はころころと笑って訂正する。兄の虚言は、嘘（うそ）を通り越してもはや寝言の域だと。

「それだって、撥がどこに行ったのかもわからないくらい触っていませんことよ？　ちなみに刺繍だなんて、針を持ったこともございませんわ」

妹の言にさらに挙動不審になる暁安にかまわず、紅龍王は大仰に驚いた様子を見せて言った。

「煉丹術ですって？　不老不死の霊薬を作るっていう、あれかしら。まさか朱瑛ちゃん、成功したことがあるの？」

「残念ながら、まだですわ」

「あら、できたものが失敗だったなんて、どうしてわかるの？　作った仙薬を飲んで死んだわけでもないのに」

「これですわ」

朱瑛は左の目尻を指さした。

「ほくろ？」

「そうですわ。もともと生まれたばかりの赤子には、ほくろはありませんでしょう？　ほくろが増えるということは、それだけ年を取ったという証左にほかなりませんもの」

「ということは、やっぱり自分で飲むのね？」

「もちろんですわ」

うなずいた朱瑛の爪先から頭までを、紅龍王は爛々とした目で見つめてくる。そして彼女の腰にぶら下がる赤褐色の珠に視線を止めて訊ねた。

「それがあなたの龍玉かしら？」

「どうでしょう？　わたくしが生まれたときに握りしめていたと、亡くなった母から聞かされましたが、龍玉かどうかは正直自分ではわかりませんわ。なにしろ普通の石となんら変わるところがありませんもの」

「そう――」

なにか気になることでもあるのか、紅龍王が言葉を切る。それまでとは違う、どこかぴりりとした空気を彼から感じたのは一瞬だった。

「紅龍王様、それは間違いなく龍玉であります！　妹がその玉をしかと握りしめ生まれた朝のこと、私はよく覚えております！」

朱瑛の誕生に立ちあったはずもない兄がそう断言したからだ。そもそも朱瑛が生まれたのは昼日中で、朝でさえないというのに。

「いかがでございましょう？　龍玉を持つ我が妹であれば、きっと龍王家にもふさわしく――」

「そんなことよりも、実は朱瑛ちゃんに頼みがあるのよ」

暁安の言葉をいなして、紅龍王が言う。

「なんですの？」

「ワタシの養女として、上帝陛下の後宮に行ってくれないかしら？」

「まあ？」

朱瑛は、首を傾げた。後宮に上がるよう言われたことと、兄とたいして歳(とし)の違わないように見える男の娘になるよう言われたことの、どちらに驚くべきかと。

「上帝陛下の後宮ですと!?」

いまいち反応の薄い朱瑛に代わって、頓狂な声を上げたのは兄の暁安だった。

「そうなの。また選秀女(せんしゅうじょ)がはじまるんですって」

朱瑛は唇に指を当て、「えーと」と記憶を探った。

「選秀女というのは、たしか上帝陛下のお妃(きさき)選びのことですわよね？」

秀女(しゅうじょ)というのは、上帝陛下の妃候補のことを指す。たしか十年に一度、そのなかから妃や皇后を選ぶことを選秀女と呼ぶのではなかっただろうか。

「そう。今の上帝陛下は、棣棠(ていとう)様とおっしゃるんだけどね。その後宮に、ワタシたち四海龍王家から、それぞれ秀女をひとり上げることになっているの」

「棣棠といえば、山吹の別名ですわね。風流なお名前ですこと」

感心する点がずれている朱瑛の代わりに、兄である暁安がふむふむとうなずいた。

「つまり、四人の姫が秀女として後宮に上がるということですな」

「ええそうよ。妃嬪の数が今とは比べものにならないくらい多かった昔は、身元さえしっかりしていたら、誰でも秀女になれたらしいのだけどね。今はいろいろあって、四海龍王家からしか秀女にはなれないことになっているの」

紅龍王の話では、かつては秀女にふさわしい娘を選ぶこと自体を、選秀女と呼んでいたらしい。しかしその変遷にともなって、今では秀女のなかから妃を選抜するまでの一連の流れを選秀女と呼ぶようになったという。

「我が妹が上帝陛下の秀女になど、なんと名誉なことでしょう！」

紅龍王家との縁談よりもさらに鼻が高いと思ったのか、暁安が浮かれた声を出す。

小躍りしそうな兄を無視して朱瑛は「あのう」と口を挟んだ。

「なにかしら？」

「どうして、紅龍王家の姫君が行かれないんでしょう？　お年頃の姫君がいらっしゃいませんの？」

「妹がいるにはいるんだけど、どうやらほかに好いた殿方がいるみたいで、どうしても嫌なんですって」

紅龍王は「困ったわあ」と太い眉を下げて言った。

「だけど上帝陛下の手前、紅龍王家から秀女をひとりも出さないわけにはいかないじゃない？　その点、朱瑛ちゃんは紅龍王家の者ではなくとも紅（あか）の龍玉を持っているって聞いたから、これ以上ふさわしい人はいないと思ったの」

「まあ、そんな事情がおありでしたの」

紅龍王の言葉に、朱瑛は素直にうなずいた。

「期間は、長いときは二年くらいかかったこともあるらしいけど、普通はだいたい数か月で終わるはずよ。べつに妃になってもらう必要はないの。ただ紅龍王家の面目さえ立たせてくれればいいのよ」

紅龍王はそこで言葉を切ると、濃い紫色で彩った目をきらりとさせた。

「どうかしら？　もし朱瑛ちゃんが紅龍王家の者として選秀女に行ってくれたら、お礼として好きなだけ丹砂を贈らせて――」

「いたしますわ」

紅龍王がみなまで言う前に、朱瑛はにっこりとうなずいた。

兄が当てにならない以上、迷う必要などない。丹砂がもらえるのならば、人生のうち数か月だけ後宮に上がるくらいわけもないことだと。

「もちろん、朱瑛ちゃんが妃になってくれるなら、それも大歓迎よ。そうなれば丹砂なんて、思いのまま！　いずれにしても煉丹術なら、選秀女のあとで思う存分楽しめばいいわ」

紅龍王はそう言って、片目をつむってみせたのだった。

第一章　毒蛇だらけの選秀女

「黄庭宮への扉が、開きましてございます」

宦官にしては低い声が、宮殿の奥で静かに響いた。

殿内には、金色の龍を這わせた列柱を貫くように、百花を織りこんだ毛氈が敷かれている。その先の壇上には、ひと抱えもあろうかという一対の香炉があり、えもいわれぬ薫香をくゆらせていた。

女はその間に置かれた玉座にゆったりと腰をかけ、手のひらでなにかを転がしている。

「ねえ、おまえはどれがいいと思う？」

報告に答えることなく、女はうっとりとした声で問いかける。七宝の爪飾りが煌めくその指が弄んでいるのは、色とりどりの宝玉だ。

水晶、紅宝石、白真珠、黒曜石――。

どれもがたぐいまれな輝きを放つそれらは、間違いなくこの大瓏(だいろう)帝国における一級品だろう。それを事もなげに弾(はじ)きながら、彼女はまず氷のように透きとおった水晶を手に取った。

しかし青空の下であれば、蒼天を写しとったかのように青く輝くはずのそれは、今は静かに女の顔を映しているだけだ。

「他者によって自分の姿を変える石、ね。みずから輝くことができないなんて、少し面白味にかけるかしら」

女はそう言うと、無造作にそれを卓上の器に放り入れた。

甲高い金属音を立てて宝玉を受けいれたそれは、鼎(かなえ)と呼ばれる祭器である。しかし一般的には三本脚であるはずのそれには、なぜか脚が五本もあった。

女が次に手に取ったのは、とろりとした乳白色の真珠だった。やわらかな光沢をにじませるそれは、転がせばつるりと手に馴染(なじ)む。

「でも、これはこれで大人しすぎるわね。連珠になっていればともかく、ひとつでは煌めきが足りないよう」

ふたたび宝玉を祭器に落とし、ならばと摘まみあげたのは紅宝石の艶やかな輝きだ。血よりも濃い真紅のそれは、集められた他の宝玉のどれよりも色鮮やかに光を放っている。

「命の脈動を感じる色だわ。とはいえ、ちょっと主張がうるさいかしら」

そうして手に取ったのは、深い闇色をたたえた黒曜石だった。

「やはりこれがいいかしらね。深淵(しんえん)の瞬きだもの」

光を押しのけるように艶めくそれを、指でもてあそびながら微笑(ほほえ)む。

「ああ、そうだったわ。これも忘れてはいけないわね」

そして彼女が最後に選んだのは、光を取りこみ鈍く煌めく琥珀だった。

すべてを呑(の)みこんだ鼎を高杯(こうはい)のように手にしてもてあそぶと、なかの宝玉が青銅とぶつかりあい、からからと澄んだ音を奏でる。

それを耳にしながら女は、美しい唇の端を上げた。

「毒蛇さんたち。せいぜい互いに喰らいあってちょうだいな。私のために――ね」

ひそやかなそのささやきは、宮殿の奥の闇へと融(と)けていったのだった。

＊

「選秀女だ！　選秀女がはじまるぞ！」

大瓏帝国の都を貫く大路にそんな声が響き渡ったのは、朱瑛が紅龍王の話を受けてふた月後の晩夏のことである。

とはいっても紅龍王の領地から都への旅路に半月近くを費やすため、実際に準備ができたのはひと月あまりのみ。朱瑛は、大好きな仙丹づくりをする暇も与えられず、準備もそこそこに帝都へやって来たのだった。

「新しい上帝陛下の御代になって、はじめての選秀女だ。なんて目出度いことだろう」

「ああ、あの美しい上帝陛下の妃になれるなんて、今度はどんな姫君かしら」

都を貫く大路では、選秀女のために皇宮へと向かう四海龍王の姫たちをひと目見物しようと、すでに大勢の民たちが集まっていた。彼らが祭りのように持て囃すなかを、朱瑛を乗せた輿もゆっくりと進んでいく。

彼女が身にまとっているのは、紅龍王家の者にしか許されない、四爪の龍を刺繍した深緋色の長袍だ。髪は高々と結い上げられ、腰からはみずからの龍玉を佩玉として垂らしている。

ちなみに紅龍王家の者がまとう長袍に刺繍される龍爪が四本なのは、この国でもっとも貴いとされている五爪の龍を身につけることができるのは、上帝陛下のみだからだ。龍王家の者は、上帝への服従の印として、爪を一本減らして表現することになっている。

「なにか怒っていらっしゃるんですの、お兄様？」

皇宮たる琥珀宮の南門——炎駒門へと向かいながら、朱瑛は紅龍王の名代として輿の横を歩く兄へと問いかけた。

虚栄心の強い兄のことだ。皇宮までの道、選秀女に赴く朱瑛たち一行に向けられる人々の羨望と感嘆の眼差しに、さぞかし鼻高々になっているに違いない。そう思っていたのに、苦虫をかみつぶしたような表情を崩さないからだ。

「怒っているんじゃない。あきれてるんだ」

「なににですの？」

兄の不興の理由にまったく思い当たらず、朱瑛は首を傾げた。するとその態度がさらに怒りを煽ったのか、暁安は彼女の乗る輿につづく行列を振り返って言った。

「なんなんだ、あの我楽多の数々は！　あんなものを持って後宮に上がる秀女なんて、聞いたことがないぞ！」

上帝陛下に仕える妃候補として後宮に上がるとなれば、あたかも花嫁行列のごとくに、煌びやかな衣や、装身具、化粧道具などを連ねて民衆の前を練り歩くのが常である。

しかし朱瑛の輿に続いているのは、なにやらわからない装置や道具ばかり。そのうえ櫃のなかには、色とりどりの長袍や宝石の代わりに、大量の鉱石がぎっしりと詰まっている有様である。

「我楽多だなんて失礼ですわ。とても全部は運びきれないと思って、厳選して持ってきましたのに」

「ああもう、おまえときたら……！」

うそぶく朱瑛を制し、暁安は額を押さえてうめき声を上げる。そして輿に座る妹の顔をずいと覗きこんで言った。

「いいか、朱瑛よ。養女とはいえ、おまえは紅龍王家の姫として後宮に上がるのだ。紅龍王家を背負って参っていること、ゆめゆめ忘れるなよ!?」

「嫌ですわ、お兄様ったら。紅龍王様は、べつに妃になんてならなくてもいいとおっしゃっていたではありませんか。紅龍王家の面目だけ保ってくれればよいと」

「そんなの、遠慮しておっしゃったに決まってるじゃないか!!」

おのれの忠誠心に酔っているのか、暁安はみずからの両肩を抱きしめ、嫌々するように首を振る。

「おやさしい紅龍王様のことだ。きっとおまえを緊張させてはならないと、お気遣いくださったに違いないだろう！」

「ですが、上帝陛下の御子（みこ）を身籠った方が、妃に選ばれるのでしょう？　ほかの四海龍王家から来られた本物の姫君たちがいらっしゃるのに、実の兄からさえ奇人だの変人だのと言われてしまうわたくしのことなど、そもそも上帝陛下がお召しになるはずないではありませんか」

「それは言葉のアヤだ！」

　そして暁安は、朱瑛に、きっ、と視線を向けると、鼻息荒く言い聞かせる。

「いいか？　どの龍王家にとっても、妃を輩出できるかどうかというのは、きわめて政治的な話なのだ。紅龍王家から妃を出すことができれば、紅龍王様の宮廷でのお立場もますます安定し、ひいては私の前途も明るいのだからな！」

「それがお兄様の本音ですわよね」

　朱瑛がころころと笑っていると、ようやく彼女の乗った輿が、曇天を押しあげるようにそびえる門楼の下をくぐりぬける。

　そのとたん視界がぱっと開け、人々がひしめいていた宮外とは違う、広場のように大きく開けた場所へと出る。その向こうに見えたのは、黄瑠璃瓦（こうるりがわら）の荘厳な建物群である。

「まあ、上帝陛下の琥珀宮は、なんて広くて立派なんでしょう。紅龍王様の紅宝宮もそれは見事な宮殿でしたけれど、ここはそれ以上ですわね」

さすがはこの大瓏帝国をあまねく統べる上帝陛下の宮殿だと、朱瑛は輿の上で手を叩いた。

あいかわらず我が道のみを突き進む妹に、暁安はため息をこぼして輿の反対側へと声をかけた。

「梗香殿には面倒をかけるが、よろしく頼むぞ。私は男子禁制の後宮のなかまでは入れないゆえ」

「承知いたしましたわ」

暁安に向けてそう淑やかに答えたのは、侍女として朱瑛とともに後宮に上がる梗香である。

紅龍王が、庶民も同然の朱瑛を後宮に上げるにあたって選んだ腕利きの侍女――。そう聞いていた朱瑛は、もっと年配の女性を想像していたのだが、やって来た彼女はまだ二十歳にもなっていないだろう若い娘であった。

とはいえ、やや広めの額ときりりとした目元が涼しい美少女である。引き結ばれた口元からはやや頑固そうな性格が窺い知れるが、立ち姿もすらりとしていて、まるで最近都で流行っているという女性劇の主役のような凜々しさがあった。

そのせいだろう。さきほどから暁安が鼻の下を伸ばしているのを生温かく眺めながら、朱瑛は梗香に訊ねた。

「梗香は、紅龍王様の治める夏州ではなく、黒龍王様の治める冬州の出身なのかしら？」

「え？」

朱瑛の問いに、梗香は鳩が豆鉄砲をくったような表情を浮かべる。

「違うのかしら？　北には背の高い方が多いと聞いていましたから、そうだと思ったのですけれども」

「っいいえ、私は――」

言葉を探すようにしていた梗香が、そう口を開きかけたときだった。暁安が少し緊張した声で言った。

「坤寧殿だ――」

正面に顔を向けると、前方の門の向こうに、黄瑠璃瓦の巨大な殿宇がそびえて見える。

「たしか選秀女の行われる後宮は、歴代の皇后の居処だというこの坤寧殿の裏手にあるんですわよね？」

「そうだ。紅龍王様のお話では、秀女として後宮に上がる四海龍王の姫たちは、坤寧殿で皇后から宣旨を受け、後宮に上がる手はずと聞いている」

「あら？　でも今上陛下は即位して間もないから、皇后様がまだいらっしゃらないというお話ではありませんの？」

皇后は妃のなかから選ばれる。そのため、今回の選秀女で妃になった秀女が男児を産めば、そのまま皇后に上がるのではと言われていたはずだ。

「安心するのだ。そういう場合は、古式にのっとって皇太后がその代理を務めると聞いている」

「まあ、そうでしたの」

両脇を兵が固める坤寧殿の表門をくぐりぬけながら朱瑛がうなずくと、暁安が神妙な表情を浮かべて言う。

「気を引き締めるのだ、朱瑛よ。ここから先は生きるか死ぬかの世界だぞ」

「まあ、お兄様ったら。大袈裟なのですから」

主殿の前庭へと輿を進めながら言う暁安に、朱瑛は笑った。

「それにしても上帝陛下は、どうしてこんな選秀女などというまどろっこしいことをするんでしょう。ご自身で気に入った方を見つけて、好きにお妃に迎えてしまわれればいいのに」

この国で、龍の血がもっとも濃く残っているとされる上帝陛下ともなれば、きっと庶民より、ずっと年を取るのがゆっくりのはず。とはいえ、十年に一度しか皇后や妃を選べないとなれば、不都合があるのではないだろうか。

「もちろん選秀女を経なくても、妃嬪として後宮に上がられる方はいる。だが皇后に次ぐ四夫人以上の位は、かならず選秀女を経なければ賜ることはできない決まりらしい」

「四夫人っていうと……ええと、貴妃、淑妃、徳妃……あともうひとつはなんでしたかしら？」

たしか後宮に上がる前に説明されたが、興味がないので忘れてしまった。

「……賢妃様だ。おまえというやつは――」

あきれた暁安がそう口を開きかけたときだった。

「危ない！」

あたりに響いたのは、梗香の声だろうか。

次の瞬間、どんという衝撃とともに輿がぐらりと揺れ、体勢を崩した朱瑛は外へと転がり落ちてしまう。

このままでは石畳に叩きつけられて痛いだろう。頭のどこかでそうのん気に考えたとき、間近で蛙（かえる）がつぶれたようなうめき声が聞こえた。

「あら、大変……」

どうやら梗香が、落ちてくる朱瑛を抱きとめようとしてくれたらしい。気がつけば彼女は、朱瑛の下敷きになっていた。

「ごめんなさいね、梗香。わざとではありませんのよ？」

「はやく、どいてください――」

朱瑛がおっとりと立ち上がりかけたところで、彼女が苦しげな声をもらす。

言われたとおり立ち上がりかけた下で、朱瑛はふと動きを止めて首を傾げた。

そして無遠慮に梗香の胸をつかみあげる。

「ぎゃあ！」

「まあ、梗香ったら……」

突然の狼藉（ろうぜき）に悲鳴を上げた彼女の貧乳ぶりに、朱瑛が目を丸くしたときだった。

「くそっ――」

可憐なはずの唇が、突然舌打ちをした。聞き間違いかと思っているうちに、伸びてきた腕が朱瑛の首をぐっとつかんで引き寄せる。それだけでなく彼女の腹に、なにか硬いものが押しつけられた。

「痛い思いをしたくなかったら、声を出すな」

耳元でささやかれたのは、間違いなく低い男の声だ。驚いた朱瑛がどうしようかと考えていると、背後からうろたえた暁安の声が聞こえてくる。

「な、なにをなさるのです、白龍王の姫君」

梗香を刺激しないようゆっくりと振り返ると、兄の暁安がぶつかってきた輿をおろおろと見上げている。

「うふふ。そんなところでぼうっとしているのが悪いのではなくて？　後ろがつかえているというのに、まったく気が利かないこと」

朱瑛たちを見下ろしながら悠々と答えたのは、腕に人形を抱いた、どこかいとけなさの残る女性だった。

白雪のように透きとおった肌に、銀にも見まがう髪にはくせひとつない。けぶるような睫毛の奥の瞳さえ、色素が薄いせいかたおやかで儚い印象を与える。

「でも、仕方がないかもしれませんわね。姫と言っても所詮名ばかりのもの。紅龍王家の姫は、卑しい傍流のお生まれと聞きましたわ」

「い、卑しいですとぅ……!?」

あからさまな侮辱の言葉に、自家をけなされた暁安が顔を引きつらせる。

「ごきげんよう、紅龍王の姫君。私が白龍王の娘、白蓉ですわ」

くすくすと笑う姫の純白の長袍に銀糸で縫いつけられているのは、朱瑛と同じ四爪の龍だ。

どうやらともに後宮に上がる秀女のひとりらしい。

朱瑛がそう思っていると、また違う声が聞こえた。

「おやめなさいませ、白蓉様。そのようなおっしゃりよう、さすがに可哀想でしてよ?」

次に近づいてきた輿に乗っていたのは、青藍の長袍から推測するに青龍王の姫だろう。

きりりとした涼しげな目元は清冽な雰囲気をにじませ、一見黒く見えながら光が当たると青く艶めく髪が、どこか神秘的な佳人だった。

「あら、藍施様。身の程というものを教えて差し上げるのも、親切ではありませんの?」

白蓉が高らかな声で告げると、それに呼応するように、付き従ってきた両家の侍女たちもくすくすと笑う。

「な、なんと無礼な……」

さすがに暁安が言葉を詰まらせると、侍女たちがいきり立った。

「無礼はそちらでしょう？　庶民のくせに、四海龍王家の姫に向かってなんて生意気なのかしら！」

四海龍王の名を出されれば、権威に弱い暁安はなにも言い返せない。ぐぬぬとうなったきり押し黙っていると、今度は凜(りん)とした声が彼女たちの間に割りこんだ。

「なんの騒ぎかしら？」

新たに近づいてきた輿に乗っていたのは、黒地に金糸で縫いとった長袍を身にまとった姫だった。

艶やかな黒曜石の瞳に、ゆるく弧を描く濡羽(ぬれば)色の髪は一部が下ろされ、たおやかな背中にゆったりと流れている。ただ一本のみ挿した黒蝶(くろちょう)真珠を連ねた髪飾りがゆらゆらと揺れる様が、なんとも艶冶(えんや)な印象だ。

龍王家の姫同士、彼女とも顔見知りなのだろう。白蓉がにこやかな笑みを浮かべた。

「これは、緇媚(しび)様。ごきげんよう」

しかし緇媚と呼ばれた黒龍王の姫は、ふたりをたしなめるように言った。

「生まれなど、これから参ります後宮でなんの意味を持ちましょう？　上帝陛下のご寵愛（ちょうあい）がすべてだといいますのに」

「それは……」

緇媚が余裕さえうかがわせる表情で指摘すると、それが事実だからか、白蓉と藍施は黙りこんでしまう。

それをにこやかにうなずいて見つめると、緇媚は輿から降り立ち、高らかな声で言った。

「退屈しのぎの余興として、私からみなさまに、ご挨拶代わりの贈りものを差し上げますわ」

その言葉とともに、緇媚の手から砕かれた宝玉と思われるものが空に放たれる。それがきらきらと光を弾いたかと思うと、次の瞬間、曇り空にもかかわらず虹が出現した。

「なんと見事な――」

白蓉と藍施からかばわれた暁安が、手を叩いて喝采の声を上げる。

「さすがは黒龍王様の姫君です！　龍玉をお持ちなだけでなく、このようなことがおできになるとは！」

龍玉を持っていても、たいした芸当もできない朱瑛とは違うと言いたいのだろう。暁安が大袈裟なほど緇媚を褒めたたえる横で、白蓉と藍施の顔が曇った。

「龍の力をひけらかすなんて、品のないこと」

藍施がぼそりとつぶやくと、緇媚は艶やかな笑みを浮かべて言った。

「ひけらかすもなにも、龍王家の姫であればこれくらい当然ではありませんか。白蓉様も、藍施様ももちろんおできになるでしょう？」

どうやらこれは、緇媚の示威行為(デモンストレーション)のようだ。最近では、龍王家に生を受けた者でさえ、龍の力を持つ者は少なくなったともっぱらの噂(うわさ)だ。緇媚は自分の力を見せつけて、少しでも妃選びの戦いを有利にしようという腹なのだろう。

朱瑛と同じく腰から龍玉を下げてはいるものの、龍の力は持っていないのか、白蓉と藍施は悔しげに唇を噛(か)んでいた。

「お静まりください」

空気を切り裂くような怜悧(れいり)な声が響いたのは、まさにそのときだった。

視線を向けると、枯色(かれいろ)の長袍をまとった男が主殿へと続く階(きざはし)の上に立っていた。いや、枯色の長袍は宦官の証(あかし)と聞く。となれば、彼を男というには少し語弊があるかもしれない。

「皇太后様がいらっしゃいます」

淡々と告げられた言葉を合図に、ふたりの姫たちも輿を降り、緇媚とともにしずしずと頭を垂れる。

朱瑛も、ぴたりと背後に立つ梗香に促されて膝を折った。それと同時に、金襴の衣をまとった女性が殿宇の前に姿を現す。龍王家の姫たちと同じく四爪の龍を描いた黄蘗色の長袍を身にまとい、悠然と彼女たちを見下した。

半世紀前の選秀女で先帝の妃となり、皇后、そして皇太后へと上りつめたという彼女は、今上の生母ではないものの、嫡母として遇されているという。そのため皇后不在の今は、先帝時代のまま彼女が坤寧殿の主となっているらしい。

「黒龍王の姫よ。見せてもらったぞ。見事であった」

しかしその顔は面紗に覆われ、目にすることはかなわなかった。とはいえ声は若々しく張りがあり、それだけ聞けばうら若き乙女のようである。

「とんでもございません。お目汚しでございましたわ」

黒龍王の姫である緇媚は、皇太后からの称賛にしとやかに答えた。白龍王の姫である白蓉と、青龍王の姫である藍施は、忌々しげにそれを睨みつける。

「このたびの選秀女は、上帝陛下のはじめての妃となりうる者を選ぶ、大事なものだ。蘇総監――」

「は――」

皇太后の声を合図に、黒塗りの盆を捧げ持った宦官たちが四人の秀女たちの前に立った。

「ここに、秀女の証たる宝玉を与える」

皇太后の言葉とともに、紅、黒、白、青――それぞれの輝きを放つ宝玉が新たな秀女たちに授けられた。それはそれぞれ流蘇という房のついた髪飾りにつけられており、宦官たちが秀女の髪にひとりひとり挿していく。

「では、みなよく励め」

宝玉が秀女たちの髪から揺れる様を見届けると、皇太后は重々しい声でそれだけ告げる。そして裾を翻すと、宮殿の奥へと戻っていった。

「皇太后様より姫君方のご案内を仰せつかっております、総監の蘇と申します。ご説明させていただきます」

その場に残り、皇太后に代わって声を発したのは、枯色の長袍をまとったさきほどの宦官だった。総監ということは、彼が宦官の長ということらしい。

柳のように細く優美な眉といい、透きとおるように白い肌といい、とりわけ女性的で繊細な顔立ちをしている宦官だ。しかし感情がいっさい窺えない美しさは、どこか得体の知れない、作り物めいた不気味さがある。

「たった今、四海龍王家の姫君方は皇太后様より秀女として認められました。みなさまには、まず西の後宮――黄庭宮にお入りいただきます」

ということは、後宮は東にもあるのだろうか。朱瑛と同じようにそう疑問を抱いたのだろう。藍施が口を開いた。

「西の後宮とは？」

「はい。この坤寧宮の裏手にございます後宮は、東宮と西宮に分かれております。東宮は、すでに妃嬪になられた方々がお入りになる後宮でございますので、目出度く妃となられたあかつきには、みなさまも東宮へとお移りいただきます」

「それでは、その黄庭宮は私たちだけで使ってよいということかしら？」

白蓉の問いに、蘇総監は静かにうなずいた。

「さようでございます。では参りましょう」

蘇総監は、坤寧殿の主殿の脇へと一行を誘い、その先にある小さな門をくぐり抜けた。そしてその先にふたたび現れた門を指さし彼女たちに告げる。

「黄庭宮は、あの奥でございます」

そのとたん、姫君たちの間にざわめきが起こった。

「あの門の向こうが後宮ですって？」

藍施が眉をひそめて言ったのも、無理からぬことである。

皇宮のなかに突如として小高い山が現れただけでも驚きであるのに、その切り立った岩場の横穴へ続くと思われる扉を、蘇総監が指し示したからである。

「まるでほら穴ではありませんか！」

「この隧道（ずいどう）の先に、黄庭宮があるのです」

緇娟の非難に、蘇総監が落ち着きはらった声で答える。

「不服と思われる方は、いまここで引き返されますよう。上帝陛下の妃となられるお覚悟のない方も同じです」

「な、なにを申すのです！　ひとたび上帝陛下にお仕えすると決めた以上、引き返すなどありえませんわ」

「そのとおりです。もしそんな者がいるのならば、さっさと尻尾を巻いてお逃げになるがいいのよ！」

白蓉や藍施が口々に言う。どうやら彼女たちは、なみなみならぬ決意をもって、この選秀女に臨んでいるらしい。

「みなさまご立派なお覚悟です。では参りましょう」

鈍い音を立てて扉が開け放たれ、一行が歩きだす。

「では朱瑛、頑張るのだぞ。梗香殿、よろしく頼みますぞ」

「お任せくださいませ」

梗香が朱瑛の背に刃物を押しつけているなど疑いもしない暁安に、彼女はにっこりと笑みを浮かべる。

そうして朱瑛は、ほかの姫たちとともに黄庭宮へと続く隧道へ足を踏み入れたのだった。

「あれが今回の生贄(いけにえ)――もとい秀女様たちですか」

遠眼鏡を覗きこみながら、枯色の長袍をまとった少年――縹月(ひょうげつ)がそう口を開いたのは、坤寧殿の北東に建つ楼閣の上だった。

歳はまだ十七、八といったところか。蘇総監にもおとらぬ秀でた顔立ちの宦官が見つめるのは、次々と黄庭宮の門をくぐり抜けていく色とりどりの秀女たちの姿だ。誰もが上帝陛下の目に留まるよう美しく装い、妃となる希望に満ちているかのように煌めいている。

「しっかし、彼女たちはどこに消えるんでしょうねー。ここから見える黄庭宮といえば、丸屋根の殿宇がひとつあるだけの広場も同様なのに」

そう言って縹月は、少女のようなやわらかな顔立ちに似合わぬ、皮肉な笑みを唇に浮かべる。そして手を伸ばしてきたかたわらの男へと覗いていた遠眼鏡を手渡した。

「上様はなかに入ったことがあるんでしょう？　どうなってるんです？」

「あの殿宇には、祭器である巨大な鼎がひとつ置かれているだけで、ほかにはなにもないよ」

受け取った遠眼鏡で黄庭宮を見つめながら、上様と呼ばれた男は答えた。不思議なことに、秀女たちはたしかにそこへと入っていったはずなのに、その門から内側に姿を現した者はひとりもいない。

縹月の言うとおり、彼女たちの姿は黄庭宮の門をくぐったとたん、文字どおり消えたのだ。

「鼎？」

「神代に、神へ捧げる供物を煮炊きするために使われていた器物だ。通常は鍋型の胴体に三本の脚がついているが、黄庭宮の鼎には五本の脚がある」

「供物って、うわー。文字どおり生贄の姫君たちってことですねえ」

軽口を叩く縹月にかまわず、彼はつぶやく。

「十年に一度開かれる、黄庭宮への扉――か」

真実の黄庭宮はほかに存在する――。

そう聞いてはいたけれど、門をくぐった秀女たちが消えたのを目の当たりにして、ようやくそのことを実感する。

「縹月、秀女たちの詳細を――」

「本当にやるんですか？」

訊ねた彼に、縹月が心底嫌そうに顔をゆがめた。

「なにか問題でもあるのかな？」

「だって、上様が黄庭宮の秘密を探ろうとしていることが皇太后に知れたら、ヤバいんじゃないですか？」

「知れたらね。だからおまえがいるんだろう？」

半世紀の間、父帝の宮廷に君臨しつづけてきた影の女帝――。

若いころは絶世の美女と謳(うた)われていたが、いまでは常に面紗を被り、その素顔を見た者はほとんどいない。

「えぇー？　僕、面倒ごとに巻きこまれるの嫌だなー」

　縹月はぶつくさこぼしながらも、これまでに集めた情報を彼に告げる。

「まず白秀女は、白龍王様の妾腹（しょうふく）の姫君とのことです。幼いころに母君が亡くなり、真珠宮に引き取られたとか。そのころ父君から送られた人形を片時も手放さないらしいですよ」

「人形？　もうすぐ二十歳にもなろうというのに？」

「そうみたいですねー。なにか思い出の品なんじゃないですか」

　基本的に他人に興味がないのだろう。縹月はどうでもよいとばかりにそう答えて、次の秀女へと話を移す。

「それから青秀女は、青龍王様の亡くなった兄君の娘だそうです。つまりもともとは彼女の父親が青龍王家の嫡男だったわけですが、十年ほど前に急死したみたいです」

「死因は？」

「それが不明でして。なんだかお家騒動の匂いがプンプンするんですよねー。まあ僕には関係ありませんけれど」

　あははと笑って、縹月は次の秀女に話を移す。

「あと黒秀女である緇媚様は、黒龍王様の十三女にあたります」

「十三女？　聞いてはいたけど、黒龍王はずいぶんお盛んだね」

説明の冒頭でまず、彼は苦笑した。

黒龍王は、四海龍王のなかでもっとも高齢ということもあって、なかなかに喰えない男である。十年に一度行われる選秀女に、実の娘を欠かさず送りつづけているのは、彼くらいのものである。いったい何人の娘がいるのだろう。

「しかも先日定められたお世継ぎとは同腹で、とても仲のよろしい兄妹らしいですよ」

「次期黒龍王と仲のいい妹が、なぜ選秀女に寄越されるのかな。ほかにも姉妹はいるんだろう？」

「さあ、どうなんでしょう？　ああ、でもさっき虹を出してましたね。ちょっとは龍の力があるのかな？　そのせいかもしれませんね」

神官の符呪を用いて術を使うくらいならできる者も多いが、なにも媒介せずに龍の力を行使できる人間はまれである。

「逆だね。もし龍の力を扱える娘だったら、ぜったいに龍王家は選秀女なんかに出してこないはずだよ」

選秀女に送られたということは、龍王家では使い捨てにされたと同義である。龍の力を使えるならば、けっしてそんな扱いは受けないはず。

「見たところなにも持ってませんでしたけど、符呪を使ってたんですかね。それとも、彼女がやったと見せかけて、虹を出したのはべつの誰かだったのかな」

そうだとしたら、それは誰なのだろう。黄庭宮内に符呪の持ちこみは禁止されているはずなのに。

彼が考えていると、縹月が「そうそう」と思い出したように最後のひとりについて話しだした。

「紅秀女様は、紅龍王家のもんのすごい傍流の出だそうです。紅龍王様が養女にされたとか」

「養女か、よくある話だね」

自分の娘を秀女にしたくなくて、立場の弱い傍系から養女を取るのはよくある話だ。血が薄すぎれば託宣で弾かれるため、「もんのすごい傍流」とはいっても、さほど遠い親戚でもないのだろう。

しかしそう思った彼に、縹月が首を振った。

「いや、それが彼女には噂がありまして。実はあの姫君、龍玉を持っているんだそうですよ」

「たんなる噂だろう」

一蹴しようとした彼に、縹月がさらに言う。

「なんでも彼女は、煉丹術が趣味らしいんです」

「煉丹術？」

「そうなんです。それで劇物を常用しているらしいんですけど、死にもせずにぴんぴんしているんで、紅龍王はそれを信じたとか」

「本当なのかい？」

告げられた言葉に、彼は軽く目を瞠った。

「それで邪魔に思った紅龍王が、彼女を選秀女に寄越したとなれば、辻褄は合いますよ？」

「……本当ならば、紅龍王ももったいない使い方をするね」

「龍王としての矜持じゃないですかね。自分が持っていないものを傍流の娘ごときが持っているのが、許せないんじゃないですか？　まあ、所詮噂ですから、真実かどうかわかりませんけどねー」

肩をすくめた縹月に、彼はあいまいに笑みを浮かべた。彼には紅龍王の気持ちがわからないでもないからだ。

「選秀女は帝玉を生みだすからくり――か」

歴代の皇太后、皇后のみによって引き継がれてきた上帝の妃選抜。

しかしそれが機能しなくなってすでに半世紀。それでもなお皇太后が、この歪(ゆが)んだ帝位継承の仕組みにこだわりつづけるのはなぜなのか。

「引き続き皇太后の動きを探ってくれ」

彼はもう一度黄庭宮を眺めながら、そうつぶやいたのだった。

第二章　女装がバレた黄庭宮

隧道のなかは階段になっていたが、それを下るとすぐに平坦な道になった。

山を掘りこんだ隧道とはいえ、地面には石が敷かれていたため歩くのに不便はない。

しかし松明が焚かれているものの薄暗い空間はやはり不気味で、歩いているとまるで地底にでも引きずりこまれてしまいそうな感覚になる。

「ねえ、まだ続くの？」

「こんなに歩いたら、皇宮の外に出てしまうんではなくて？」

「ご心配には及びません。もうすぐでございます」

思いのほか長い一本道にみなが不安を訴えるなか、三人とは少し離れたところで、朱瑛はそっと背後の梗香に話しかけた。

「いいかげんに刃物をしまってくださいな。こんなことをなさらなくても、わたくし声を出しませんわよ」

「いいから黙って歩けよ」

「仕方がありませんわね」

にべもない梗香に朱瑛がため息をこぼしたとき、蘇総監が前方に見えてきた扉を指さした。

「あちらでございます」

それを合図に、後ろに控えていた宦官ふたりが駆け寄り、出口に蓋をするように閉ざされていた扉を開け放った。

「まあ！」

朱瑛が眩しさに思わず目を覆っていると、姫君たちの誰かがさきほどまで訴えていた不安が嘘のように歓声を上げた。

「なんてすばらしいところなの。ここだけで、まるでひとつの王宮のようではありませんか……！」

「それに黄葉に彩られて、なんて美しいのかしら。黄庭宮というお名前どおり、本当に風流な……」

気がつかないうちに坂道を上ってきたのか。隧道の出口は小高い丘となっていて、黄庭宮を一望できた。

まだはやいはずの公孫樹や鈴懸の黄葉が海のように広がり、陽光を弾いて黄金に輝いている。それが波のごとく風に揺れるなか、建物の黄瑠璃瓦がまるで島のように覗いて見えた。

「一番手前にございますのが、麒麟殿でございます。こちらは上帝陛下がお渡りの際の寝殿となります」

蘇総監は、眼下に五角形を描いて並んでいる殿宇の屋根を、ひとつひとつ示しながら説明していく。

「つまり、お召しがあったときに、私たちが参るところということかしら？」

「さようでございます」

白龍王の姫である白蓉の質問に、蘇総監は恭しくうなずいた。

「そして、それ以外の四殿が、姫君方にそれぞれお入りいただく御殿になります。麒麟殿の左手から申し上げますと、白虎殿、玄武殿、蒼龍殿、朱雀殿でございます」

「あの中心にあるのはなんです？」

五つの殿宇の中心にある四阿のような屋根を指さし訊ねたのは、青龍王の姫である藍施だ。

「あれは井戸でございます。ですが今は涸れておりますゆえ、お近づきになりませぬよう」

蘇総監はそう言うと、少し離れたところにある石段へと四海龍王の姫たちを案内した。そしてそれを下り、ふたたび口を開く。

「ここよりそれぞれの御殿へは、ご担当させていただく宦官がご案内いたします。ではみなさま、上帝陛下のお召しがあるまで、どうぞごゆるりとお過ごしくださいませ」

　これまでの淡々とした表情ではなく、わずかに笑みを浮かべて言うと、それきり蘇総監は口をつぐんだ。

　朱瑛にあてがわれた朱雀殿は、石段を下りて一番手前にあった。隧道からそれぞれの殿宇に向かう径（みち）を挟んだ麒麟殿の右隣りであったため、すぐに到着する。

「まあ、素敵な御殿ですこと」

　紅を象徴する紅龍王家の姫のための御殿だからか、紅宝宮（こうほう）と同じようにいたるところに紅宝石（ルビー）や紅榴石（ガーネット）などの紅い宝玉があしらわれている。

　感心してつぶやく朱瑛をよそに、配属された宦官たちが、前庭に運びいれられた荷物を整理しようと主殿の脇部屋へ入っていく。それを確認してから、ようやく梗香が口を開いた。

「いいか？　大声を出すなよ？　助けを呼ぼうったって無駄——って、うわ！」

しかしみなまで言う前に、梗香は叫び声を上げて後ろに飛びのいた。くるりと振り返った朱瑛に、ぴらりと長袍の裾をめくり上げられたからだ。

「なにすんだよ！」

まさか深窓の令嬢がそのようなことをするとは思っていなかったのだろう。梗香は心底驚いた様子で叫んだ。

「本当に男の子なのか、確認したかったのですわ」

そして朱瑛は、はっと口を押さえ、きょろきょろとあたりを見まわした梗香に笑って告げた。

「大丈夫ですわ。宦官のみなさまは片づけに追われていますもの」

「……どういうつもりだ？」

「どういうつもりもなにも、後宮に入りたくてこのようなことをしたのでしょう？協力して差し上げたのですから、お礼のひとつくらいあってもいいと思うんですけども」

履かされていた沓をぽいぽいと脱ぎ捨てながら、朱瑛は言った。

正装の際に履く無駄に沓底が高い履物は、歩きづらくてかなわない。こんなもので階段のある隧道を歩かされ、たまったものではなかったのだ。

「あんた――」

「紅龍王様が、男の子を侍女に寄越すはずはありませんし、本物の梗香と入れ替わったんですの？　だとしたら、あなたの本当のお名前はなんと言うのでしょう？　そもそもどうして男の子なのに後宮に入ろうとしたんですの？」

「っ俺、私は――」

「いいですわよ？　普通に話してくださって。いつもはそんな女の子みたいな話し方はしないのでしょう？」

いつの間にか立場が逆転している。刃物で脅(おど)され怯(おび)えていると思っていた朱瑛にきらきらと好奇心に輝く瞳でにじり寄られ、彼は焦ったようだった。

「あんた、俺が怖くないのかよ!?　刃物を突きつけられたら、普通の女は泣きだすもんじゃないのか？」

「でも本当に悪い方なら、輿から落ちたわたくしを助けてくださるはずがありませんもの」

朱瑛は、自信ありげに胸を張って言う。

「なにが目的だ？」

怯えるどころか、後宮に入ろうとしている意図を読み取って協力したとばかりの口ぶりに、彼は警戒をにじませた瞳を向けてくる。

「まあ、あなたがそれをわたくしに訊きますの？　わたくしには、目的なんてなにもないですわよ」

「……本当に？」

「ただ少し、手伝っていただきたいことがあるだけですわ」

「やっぱりあるんじゃないか！」

吠えたてる様子が、まるで兄の暁安みたいだと朱瑛は笑った。

「……選秀女って、上帝の子供を身籠った女が妃になるんだろ？　まさか俺に、種馬になれなんて言うんじゃ——」

「これをお願いしたいんですの」

梗香の問いが聞こえているのかいないのか、朱瑛は殿内に運びいれられたなかで一番大きな櫃を漁り、くるりと振り返った。

「……なんだこれ？」

差し出された一抱えほどあるものに、彼は怪訝な声をもらした。

「ふいごです」

「……は？」

「本当は、両足で踏めるもっと大型のふいごを持ってきたかったのですけれども、ほかにも必要なものがたくさんあって、こちらが精いっぱいだったのですわ」

無念さをにじませて話す朱瑛に、梗香はますますわからないとばかりに眉根を寄せた。

「これで、俺になにをしろと？」

「嫌ですわ。ふいごに、火を熾す以外の使い道がございますの？」

そうして朱瑛は、偏執的な笑みを浮かべながら説明する。

「煉丹術の基本は火ですもの。でもこの小さなふいごで金属を融かすほど高温の火を熾すのは、なかなかに大変ですのよ。だから男手があれば、とても助かりますの」

「れんたんじゅつ!?」

梗香は奇怪なものを目にしたように朱瑛を見つめた。

「――って、不老不死の霊薬を作るっていうアレか？」

「そうですわ。まあ、それだけではありませんけれども」

「……そのために、俺が男とわかっていながら後宮に入れたのか？」

「ええ」

朱瑛は当然とばかりにうなずいた。そしてふたたび前庭に下りると、顔をひきつらせた梗香に告げる。

「おわかりでしたら、さっさとこちらを運んでくださいませんこと？」

「……これは？」

梗香は、朱瑛が取り去った布に隠れていた奇妙な装置に眉をひそめる。

鼎炉と思(おぼ)しき三本脚の釜が木製の台の上に設(しつら)えられ、蓋が閉められるようになっている。またその釜のなかほどから管が伸びていて、壺(つぼ)のような器に繋(つな)がっていた。

「これですの？　これは飛汞炉(ひこうろ)と言いましてね。こちらの鼎炉で釜に入れた丹砂(たんさ)を熱しますと、管を通った蒸気がこちらの器で冷まされまして、なかに融けている汞(みずがね)を取り出すことができるという、とても便利な装置で――」

「あんた、上帝の妃になるために後宮(ここ)に来たんじゃないのかよ!?」

熱のこもった説明を滔々(とうとう)と続ける朱瑛を遮り、梗香は理解不能とばかりに言った。

「まあ。わたくしがここに来たのは、紅龍王様に丹砂をいただくためですわ」

「丹砂？」

「ええ。煉丹術で、もっとも重要とされている鉱物です。煉丹術では丹砂、雄黄(ゆうおう)、白(はく)礬(ばん)、曽青(そうせい)、慈石(じせき)の五石がもっとも大切とされていましてね、そのなかでも丹砂は

「──」

「んなことはどうでもいいんだよ！」

またもや勝手に煉丹術について語りだす朱瑛に、梗香は髪を掻きむしりながら叫んだ。

「女だったら、普通は上帝の妃に憧れるもんじゃないのかよ!?」

「まあ、決めつけないでくださいな。わたくしは煉丹術ができればそれでいいんですのよ。紅龍王様だって、わたくしが妃になろうとなるまいと、どちらでもよいとおっしゃっていましたし」

表情を歪める少年に、朱瑛は胸を張って断言した。

「ただ、さすがに、煉丹術に使う道具すべてを、後宮に持ちこむことはできませんでしたの。ですので、とりあえずここでは、紅龍王様から送っていただく丹砂から汞を取り出すことを中心に行おうと思っているんですわ。ほかの工程は、選秀女が終わって屋敷に戻ってからゆっくり行うことにして──」

もはやなにも言えない梗香に朱瑛がそう続けていたときだった。

「──屋敷に戻ってから、ですって!?」

突然ふたりの間に甲高い声が割りこんできて、梗香がぎょっとしたように前門を振り返った。

「ほほほほほ！　そんなお心構えで来られたなんてあきれますわね」

響きわたった笑声に、朱瑛もおっとりと視線を向ける。門の前で侍女と宦官を引き連れてこちらを覗いていたのは、白虎殿に案内されていったはずの白蓉だった。

梗香は、どこから聞かれていたのかと、警戒した表情を浮かべる。しかし白蓉は、彼のことなど視界にない様子で朱雀殿の敷地内に入ると、朱瑛の顔を覗きこんで口を開いた。

「まさか朱瑛殿が、そんな浅はかなお気持ちで、この選秀女に臨まれていたなんて！　まあ、紅龍王様の姫君といっても血筋卑しき養女では、それも仕方がないかもしれませんわね」

白蓉が嫌みったらしく言うと、後ろに控えていた彼女の侍女がくすくすと笑いだす。

「私はあなたとは違いますわ。そんな生半可な覚悟でここに参ってはおりませんの。上帝陛下の妃になる。そのために私は生まれたんですもの……！」

陶酔したように告げる白蓉に、しかし煉丹術にしか興味がない朱瑛は微笑んだ。

「まあ、素晴らしいわ。ぜひ頑張ってくださいませね。選秀女がすぐに終わってくだされば、わたくしもそのぶんはやく錬丹術に勤しめますもの」

「っ――」

白蓉は調子が狂わされたように息を詰まらせた。しかしそれで引き下がるのは悔しかったのだろう。大仰に言葉を続ける。

「まあ、煉丹術ですって？　ずいぶん変わったご趣味をお持ちですのね」

「楽しいですわよ。いろいろな原料を煮たり濾過したりして、まったく違うものに変化させるんですの。よろしかったら、ご一緒にいかが？」

「けっこうよ！」

なにを言っても響かない朱瑛に、白蓉はとうとう怒りに震えながら叫んだ。

「あ、あなたはなにも知らないようですから、私が教えて差し上げますわ」

「まあ、なんでしょう？」

「いいですこと？　ひとたび後宮に足を踏み入れた秀女は、妃になるかどうかにかかわらず、二度と後宮の外には出られないんですのよ」

「出られない？　どういうことですの？」

朱瑛が訊ねると、白蓉はふんと鼻を鳴らした。

「そんな当たり前のこともわかりませんの？　一度でも上帝陛下のお手がついたかもしれない女が、外でほかの殿方と睦むようなことがあっては、陛下の権威に傷がつくじゃありませんか！」

その返答に、朱瑛は安心したように手を合わせた。

「では、ほかの殿方と睦むことがなければ、問題ないということですわね。大丈夫ですわ。わたくし煉丹術にしか興味がありませんもの」

「上帝陛下の正式な妃嬪でもない秀女では、外出の許可さえ下りませんわよ！　唯一の例外は、御子をお産み申し上げて妃になることだけ。そうなれば御子が成長されたあかつきには、ともに外に屋敷を賜ることもできましょう。まあ、あなたには無理でしょうけれど！」

言いたいことだけ言うと、白蓉は高らかに宣言した。

「上帝陛下の妃になるのは私ですわ！　あなたはさっさと負けをお認めになることね！」

ほほほ、と高笑いをしながら去っていく白蓉の背中に、呆気に取られた梗香がつぶやいた。

「……なんだあれ？　ただたんに、嫌みを言うために来たのか？」

「急に帰られるなんて、どうされたのでしょうね？　ご気分でも悪くなられたのかしら」

しかし本気で理解していない様子の朱瑛には、彼もつい生温かい眼差しを向けてしまう。

だがそれにさえ気づかないのだろう。朱瑛はあくまでマイペースに手を叩いた。とても重要なことを思い出したかのように。

「そうでしたわ。あなたのお名前を聞きそびれてしまっていましたわ。梗香は、もともと紅龍王様が寄越してくださる予定だった方のことでしょう？　本当はなんと言いますの？」

「……仲祥(ちゆうしよう)」

梗香は、しぶしぶといった体で答えた。

「それは字(あざな)ではありませんの？　本当のお名前は？」

朱瑛がしつこく訊ねると、仲祥と名乗った少年は不貞腐(ふてくさ)れたようにぷいと横を向いた。

「言いたくない」

「どうしてですの？」

「女みたいな名前で嫌いなんだよ！」

「まあ、女の子みたいな格好をするのは大丈夫ですのに、おかしな子ですわね」

そう無邪気な笑い声を上げる朱瑛に、もはや仲祥はなにも言えずに顔を引きつらせたのだった。

＊

『痛ってえ……』

夕暮れの道を急ぎながら、簾茨はうめいた。

その顔や体は、あちこち擦り傷とあざだらけだった。姉の使いで街まで出かけた帰りに、近所の悪ガキにからまれて喧嘩になったからだ。

相手は四人もいて、みな年上だったが、今ごろは簾茨以上の怪我に悲鳴を上げているだろう。そう思えば、多少の溜飲は下がるが、それでも暗澹とした気持ちはつのるばかりだ。

『……また姉ちゃんにどやされるな』

幼いころから気の強い姉に頭が上がらない簾茨は、そうため息をこぼした。姉にはいつも、『なにを言われても相手にするな』と命じられていたからだ。

だが反逆者の息子だとからかわれて黙っていられるほど、簾茨は大人しい性格ではない。唇を引き結んで歩いていると、やがて手入れの行き届いた一軒の民家に到着する。

母屋の両側に調理場と作業用の小屋が設けられているものの、周囲の農家とそう変わるところのない家だ。庭には小さな畑があり、昼間であれば卵を産ませるための鶏が放し飼いにされている。

『あんたはまたなにやってるのよ、簾茨！』

家に入れば案の定、弟の怪我を見咎めた姉にすぱんと殴られ怒鳴られた。

『痛ってえよ！』

負わされた怪我より、よっぽど痛い一撃をくらって簾茨は涙目になる。

『近所の子たちの言うことなんて放っておきなさいと、前にも言ったはずでしょう？』

そして姉は、いつものように表情を引き締めて弟を諭すのだ。

『いいこと、簾茨？　我が家の再興はあなたにかかってるのよ？　なにを言われても気にしないで、いまは学問と剣術に励むしかないの』

『……わかってるよ』

幼いころから、もうなんど聞かされた言葉だろう。うんざりとした簾茨がおざなりに返すと、姉はため息をこぼした。

『困ったわね。明日からしばらく私は勤めに出てしまうのに』

『それ、本当に行くのか？　なにも姉ちゃんが働きに行かなくても……』

これまでだって、姉が街に奉公に出たことがないわけではない。しかし今回は、短期間であっても簾茨は気が進まなかった。

『なに言ってるのよ。もうすぐお父様とお母様が遺してくれたお金も底をつくわ。あんたをこのままにはしておけないし、宮中とつながりができれば、あんたの将来に役に立つかもしれないでしょう？』

『俺はべつに……』

裕福でなくとも、このままふたりで暮らしていければいいのではないか。

そう思う簾茨とは違い、近所の頼まれごとを聞いて糊口をしのぐような生活を姉が望んでいないのはわかっていた。

それはきっと姉には、都で裕福に暮らしていたときの記憶があるからだろう。

生まれたばかりのときに、父の配流によって一家でこの地にやって来た簾茨と違い、失意の父の姿も、母の苦労も側で見てきた姉は、この家の再興を簾茨にかけているのだ。

『それに二、三か月とはいえ宮中に上がれば、お父様の冤罪を晴らすきっかけがみつかるかもしれないじゃない』

『そりゃあそうかもしれないけど……』

父をありもしない罪で追い詰めた宮中は、簾茨にとって恐ろしいところという印象しかない。そんなところに姉をひとりで行かせるなど、父や母が生きていたら許すだろうか。

しかし姉を止めたくても、まだ子供の簾茨にそんな力はなかった。

それが悔しくて、彼はぶっきらぼうに言う。

『だけど今さらうちに声をかけてくるなんて、そいつ信用できるのかよ？』

『割符も持っていたし、きちんと宮中から遣わされた役人であることは間違いないわよ。それに、騙すつもりなら、あんな高価なもの送ってこないでしょう？』

そう言って姉は部屋の隅に置いた櫃を指さした。そのなかには、四爪の龍が描かれた梔子色の長袍が納められている。袖や裾に花鳥が織りこまれた、宮仕えにふさわしい豪華な衣装である。

はたして翌日、それをまとった姉は輝かんばかりの美しさだった。化粧を施し、高々と結い上げた髪から琥珀の髪飾りを垂らす姿は、まるで天の神々に嫁ぐ花嫁のようにさえ見えた。

父が配流されなければ、こんな姉の姿を毎日見ていたのだろうか。そう思っていると姉がぱしりと肩を叩いてくる。

『あんたのことは隣のおばさんに頼んであるから、私がいなくても勉強も剣の稽古もさぼるんじゃないわよ⁉』

『痛ってえな！　わかってるよ！　さっさと行っちまえ！』

姉は、そこらの男よりもずっと強い人だった。だから、なにがあっても大丈夫だと思いこんでしまっていたのだ。

声を荒らげたまま簾茨は、迎えの輿に乗って出ていく姉を見送りもしなかった。

あれが最後に交わした言葉になるなんて、夢にも思わないで――。

「仲祥？」

唐突にぱしぱしと頬を叩かれ、仲祥は手を払いのけた。

「もう少ししたら起きるから、放っておいてくれよ。姉ちゃん」

「姉ちゃんではありませんわ。起きてくださいな、仲祥」

その声に、まどろんでいた仲祥ははっと我に返った。

「うわっ！」

そして目を開けたとたん間近にあった顔に、彼は飛び上がる。その顔が、夢で見ていた姉のものではなかったからだ。

「なんなんだよ、心臓に悪い……」

仲祥は壁際に寄ると、彼の顔を覗きこむようにしていた朱瑛に悪態をつく。中身はともかく、顔は人形のように無駄に整っているのが始末におえないと思いながら。

「大丈夫ですの？　なにかうなされていたようですが」

仲祥が目を覚ましたのは、朱雀殿にある一室だった。どうやら疲れ果てて、泥のように眠っていたらしい。夜はとっくに明け、すでに日も高いようだ。

「あんたには関係ないだろ」

「たしかに仲祥がどんな夢を見ようと、わたくしには関係ないのですけれども……」

仲祥がそっけなく答えると、朱瑛は気にするどころか否定さえしないで続けた。

「お願いがあるんですのよ」

「またか！」

仲祥は顔を引きつらせた。

黄庭宮に入ってから、すでに一週間あまり。その間というもの仲祥は、あれやこれやと、朱瑛に無理難題を押しつけられてばかりなのだ。

そのなかでも、この三日間は最悪だった。

『丹というものは、焼けば焼くほど霊妙に変化するんですのよ』

偏執的な笑みを浮かべた朱瑛にそう告げられ、三日三晩、鼎炉に燃した火の番をさせられたのだ。

はじめは朱瑛と交代でという話だったのだが、彼女はほかにも並行してやる作業があったらしく、結局ほとんどの時間、仲祥は火から離れることが許されなかった。なんどもまどろみながら、ようやく寝台で寝ることができたのは今朝、空が白みはじめてからのことである。

そこをまた起こされた仲祥は、不機嫌もあらわに訊ねた。

「今度はどうしろって？」

起きたばかりで、食事どころか顔さえ洗っていない。そんな仲祥に、朱瑛は布袋に入った鉛色の鉱物を渡しながら言った。

「この慈石を細かくしてほしいんですの。臼はあちらの煉丹部屋にご用意していますから」

そう言って朱瑛は、当然のように仲祥に槌を押しつけてくる。

三日の間、炉の炎が消えないよう、昼も夜も火の番をさせられ、今度は石を搗いて砕けとは。

「ああ、もう！」

たまったものではないと思いながらも、彼女になにを言っても無駄なのは、この一週間でいやというほど理解していた。仲祥はやけくそになって、ぐいぐいと迫ってくる朱瑛に叫んだ。

「とりあえず着替えるから出ていけ！」

「そのままでも、わたくしはちっとも構いませんわよ？」

身支度をする暇があるならさっさと石を搗いてほしいとばかりに朱瑛が言う。

「このままじゃ俺が男だって、宦官たちにバレるだろうが！」

必要最低限の世話しかしようとしない宦官たちは、遠巻きに眺めるだけであまりふたりに近づいてこない。とはいえ先日の白蓉のように、いつ誰が部屋に入ってくるかわからないのだ。

そもそも仲祥を男として認識していないのだろう。そう言うと朱瑛は、ようやくそのことを思い出したようにぽんと手を打った。

「そういえばそうでしたわね」

やっと出ていった朱瑛に、仲祥は盛大なため息をこぼした。

「俺はいったい、なにをやってるんだ？　わざわさ女装までして――」

こんなことのために、黄庭宮に入ったわけではないのに……。そう思いながらも仲祥は、さきほど朱瑛に叩かれた頬に触れる。

「……そういえば昔は、よくああして姉ちゃんに起こされたな」

そんな詮のないことを考えながら、寝衣のなかで首から下げていた黄色の珠を引っ張りだす。

「だけどそもそも、なんであの女にはこれが効かなかったんだ？」

それを使って彼が行っていたのは、蜃術と呼ばれる彼の家に代々伝わる目くらましの術だ。龍の力の強い者が行えば、文字どおり蜃気楼のように、相手に幻覚を見せられると言われている。

選秀女に紛れこもうにも、さすがにいまの仲祥では、声や体つきで男だと気づかれる危険が高い。そのため彼は、蜃術によって相手にわずかな幻覚を見せ、違和感を抱かせないようにしていたつもりだった。

仲祥にはそれほど強い術は行えないが、それでも少人数を騙すには十分のはず。なのに朱瑛にはまったく効いていない様子なのはなぜだろう。

『北には背の高い方が多いと聞いていましたから、そうだと思ったのですけれども』

黄庭宮に入る前に朱瑛が口にした言葉に首をひねりながら、女装を終えた仲祥は彼女が煉丹部屋と呼ぶ小部屋へと向かった。

そこではすでに朱瑛が、彼に渡したのとは違う白亜色の石——白礬と言うらしい——を乳鉢のなかで細かくしている。仲祥はその隣に座って慈石を搗きはじめるが、朱瑛はよほど集中しているようで、終始無言だった。

「なあ、あんた」

部屋に響くのは、石を擦ったり砕いたりする単調な音だけ。沈黙に耐えきれなくなった仲祥は、朱瑛に話しかけた。

「こんなことしてて本当にいいのか？」

「どういう意味ですの？」

「昨夜は青秀女が上帝のお召しを受けたようじゃないか。一昨日の晩は白秀女だったし、その前は黒秀女だっただろう？　上帝に呼ばれてないのはあんただけじゃないか」

黄庭宮に入ってから一週間が過ぎ、上帝は秀女たちを順番に召しだしているという。

そうでなくてもほかの殿宇では、どうにかして上帝の目に留まろうと、文を書いたり、贈り物を送ったりと目の回る忙しさだと聞いている。

「お召しなら先日受けたではありませんか」

「あんた、断っちまったじゃないか！」

「仕方がありませんわ。あの日は一晩中、飛汞炉に火を入れていなければならなかったんですもの。上帝陛下のお相手なんてしている暇はありませんでしたでしょう？」

上帝の呼び出しなどより煉丹術のほうがはるかに大事だという朱瑛の言葉に、仲祥は同意を求めるなとつぶやく。

「あんた本当に……妃になるつもりがないんだな」

いったいなんのために黄庭宮に来たのかと、仲祥はあきれてもはやなんと言っていいかもわからない。

「だからそう言っているではありませんか。それよりもう少し力を入れて砕いてくださいな」

「ああ、もう！」

注文をつけられ、仲祥は苛立つ。

そもそも石を砕くために槌を下ろしつづけるのは、なかなかの重労働なのだ。重くなってきた腕を持てあまし、彼は怒鳴った。

「いったい、いつまでやってればいいんだよ！」

「まだまだですわ。あと二千回は頑張っていただきませんと。本当は一万回搗くのが理想だと、指南書には書いてあるんですけれども」

「いちまんかい!?」

仲祥は、常識外れの要求に目を剝いた。

「まあ、仲祥。手間暇を考えていては、よい仙丹はできませんことよ」

ときおり見せる偏執的な笑みを浮かべる朱瑛に、さすがに仲祥は立ち上がった。

「冗談じゃないぞ！　これ以上つきあってられるか！」

鉱物の粉塵を吸いこまないよう口元に巻いていた布を放り投げ、仲祥は朱瑛に背を向けて逃げだした。

「あ！　どこへ行くのです？」

仲祥を追って、朱瑛も朱雀殿の前庭へと階を駆け下りる。そして正門を出たところで彼に訊ねた。

「出ていくんですの？　この黄庭宮になにかご用があったのではないんですの？」

その言葉に、仲祥はぴたりと足を止める。

「俺は……」

そうだ。姉のことを調べなければ――。

足を止めた仲祥は、掌を血が出るほどに握りしめた。

あのときはわからなかったけれど、いまはわかっている。十年前のあの日、きっと姉はこの黄庭宮に向かったのだと。

上帝の選秀女が行われたと聞いたのは、姉が去ってひと月ほど経ってからのことだった。それを聞いて仲祥は合点がいったのだ。

姉が身にまとっていた梔子色の長袍――あれほどに煌びやかな衣をまとえるのは、上帝の秀女であれば不思議はないと。坤寧殿に集まった朱瑛たちを見て、仲祥はさらに確信した。姉のあの長袍は、彼女やほかの四海龍王の姫たちが身につけているものとよく似ていたからだ。

「まあ、仲祥！ 見てくださいな」

姉が去っていったときのことを思い出し唇を嚙んでいると、ふいに朱瑛が興奮した声を上げる。

「……なんだよ？」

人がよい仲祥は、結局その声を無視することができずに引き返してしまう。

朱瑛が目を皿のようにして見ていたのは、朱雀殿の門前に安置された龍の石像だった。彼女は五爪の龍の手に握られている赤褐色の珠を指さして言う。

「これ、丹砂ですわ。なんて色鮮やかなんでしょう。朱雀殿にはいろいろな鉱物が使われているのはわかっていましたが、丹砂まであるなんて！」

「丹砂って、昨日まで火を入れていたのと同じやつか？」

「丹色は命の源である血に通じる神聖な色なんですの。その色が強いということは、それだけ純度が高いということですわ」

朱瑛はうっとりとしながら、その握りこぶし大の珠を撫でる。

「約束している丹砂が紅龍王様からまだ届かなくて、困っていたところなんです。これを砕いて火にかけたら、きっと素晴らしい汞が取れますわよ！」

「待て待て待て！」

そのまま石像を破壊しそうな勢いに、仲祥は慌てて彼女を押しとどめた。

「勝手に壊したらまずいだろう！」

「そうなんですの？」

「あたりまえじゃないか！」

「でも、わたくしも困っていますのよ。昨日までの作業で、手持ちの丹砂をほとんど使いきってしまったんですもの」

「だいたいだ。考えてみれば丹砂って、猛毒って聞いたことがあるぞ？　そもそも素手で触ったらまずいんじゃないのか？」

先日からの丹砂を火にかける作業中、革の手袋をさせられていたことを思い出し、仲祥が言う。

「先日は念のため手袋をお渡ししていましたが、本当は石の状態で触るだけなら問題ありませんの。有害な毒性は、火で熱しないと出てきませんから。気化していなければ大丈夫ですわ」

「はあ!?　さんざん俺に燃やさせてたじゃないか！」

「心配しないでくださいな。飛汞炉で熱すれば、蒸気は漏れませんから」

「そんなのわからないだろ！」

そんな危ないことをさせられていたのかと憤慨する仲祥に、朱瑛は不本意とばかりにため息をこぼした。

「わかりましたわ」

「なにが？」

「この像から丹砂をいただいてはいけないというのならば、紅龍王様のもとへ直接伺って、取り立てて参ります」

「はあ!?」

思い立ったが吉日とばかりに、朱瑛はそのまますたすたと歩きだしてしまう。

「はじめからそうしていればよかったのですわ。すぐに届けるという紅龍王様のお言葉を信じていましたが、もう一週間ですもの。待っていても埒(らち)があきません」

「って、まさか黄庭宮から出るつもりかよ!?　勝手に出たら、怒られるぞ!?」

無茶苦茶なことを言う朱瑛を仲祥は追いかけた。もともと逃げ出した仲祥を追ってきたのは朱瑛のはずなのに、いつの間にか立場が逆転してしまっていることに気づかずに。

「知ったことではありませんわ。わたくしはそのために選秀女に参ったというのに、約束を守らない紅龍王様がいけないのですから」

「いやいやいや！　少し落ち着けってば」

「わたくしは十分に落ち着いていますわ」

朱瑛は立ち止まることなく仲祥をいなす。

「わたくしも、いいかげん我慢の限界なんですの。あ、仲祥はついて来なくていいですわよ?　本物の梗香と入れ替わってまで後宮に入ろうとしたからには、ここでなにかしたいことがあるのでしょう？」

「っ――」

これまで女装してまで後宮に潜りこもうとした理由には一切触れなかったのに、そう口にされて仲祥は戸惑った。

「いや、だけど……」

そうしている間にも、朱瑛は朱雀殿のすぐ裏手にある石段を駆け上がっていってしまう。

「あら、今日は警護の方はいらっしゃいませんのね」

慌てて追いかけると、朱瑛が目を丸くしている。隧道へ続く門前に、警備の宦官ひとり立っていなかったからだ。

「なんか、おかしくないか？」

内側とはいえ、上帝陛下の秀女を集めた後宮の出入口にしては、あまりに無防備ではないだろうか。そんな違和感を仲祥が拭う前に、朱瑛はいまのうちにとばかりに重い木の扉を開き隧道のなかに入っていってしまう。

「ああ、もう！」

仲祥は頭を搔きむしった。

　脳裏に浮かぶのは、家を出る前夜の姉の姿だ。どんなに強く見えても、姉のように不慮の出来事というものから逃げられるものではない。そもそも煉丹術以外に興味のない朱瑛は、世間知らずに見えて危なっかしくてならないのだ。

「待てよ！」

　仕方なしに仲祥も、彼女を追って扉の向こうに身を滑らせた。すると先日とは違い、かがり火の焚かれていない隧道は真っ暗だった。

「誰も通る予定がないから、灯りをつけていないんでしょうかね」

　暗闇のなかで、朱瑛の声が聞こえる。

「あなたはお戻りなさいな、仲祥。ついて来なくていいと言っているではありませんか」

「……そうは言っても、ひとりで行かせるわけにもいかないじゃないか」

「まあ、なかなかに律儀な性格でいらっしゃるのね」

　朱瑛は感心したように言う。

「そもそも、あんたが勝手に黄庭宮から出ていったのがバレたら、残った俺が罰せられるだろう！」

「それはそうかもしれませんね」

仲祥の言葉に、朱瑛はその可能性にいま気づいたかのように笑う。それとともに、彼女の指先にぽっと小さな火がともった。

「あんた……」

呪符もなく火がついたことに、仲祥は目を見開いた。わずかに利くようになった視界で、朱瑛が篝籠（かがりかご）のなかにある燃え残った松明へと火を移している。

「あんたの腰についてるのって、まさか本物の龍玉なのか？」

「失礼ですわね。偽物だと思っていたんですの？」

朱瑛はもう一本手に取った松明にも火をつけ、仲祥に渡しながら言った。

「最近は、龍王家の人間だって、そうそう龍玉を持っていないって話じゃないか。それを人に知られたくなくて、偽物の玉を下げている奴も多いって」

「そんな方がいらっしゃるんですの？」

なんのためにと、朱瑛は吹きだした。

「見栄（みえ）だろ？　龍王家に生まれて龍玉を持っていないのは、奴らにとって恥ずかしいことらしいから」

「そういうものなのでしょうか。持っていたところで、たいした役にも立たないものですのに」

そこまで話して、朱瑛はふと気づいた。

「じゃあ、白蓉様たちが下げているのも、偽物かもしれないということですの？　緇媚(しび)様は龍の力で虹を出されていましたけれど」

「わからん。虹だって呪符を使えばできなくはないけど、あのとき彼女は呪符を持っているように見えなかったし」

だけど白蓉と藍施は持っていないんじゃないかと、仲祥は言った。

「まあ。みなさんいろいろと悩ましいことですのね。そんなことにまで気を遣わなければならないなんて」

そうつぶやきながら、朱瑛は仲祥とともに薄暗い道を黄庭宮の外に向けて歩きはじめた。

松明をかざしても、深い闇に包まれた隧道の出口までは見通せない。目に入るのはごつごつとした岩肌と敷石のみである。

「ついでに聞いてしまいますが、どうして仲祥は女装してまで後宮に上がろうと思ったんですの？」

単調な道を歩くのに退屈しのぎと思ったのか、前を歩きながら朱瑛が訊ねてくる。

「……姉ちゃんが——」

「お姉様？」

声が小さくてしっかりと聞き取れなかったのか、朱瑛が訊き返す。

「姉ちゃんが、前回の選秀女でこの黄庭宮に入ったはずなんだ」

「それは、秀女としてですの？」

「姉ちゃんは、なにか役目を命じられたとしか言ってなかった。俺の家はべつに四海龍王家というわけではないし。だけど――」

侍女として黄庭宮に入ったということも考えてみた。しかしあの梔子色の長袍は侍女のものとはとても思えない。

「もしかしたら姉ちゃんは、騙されて秀女にさせられたのかもしれない……」

前回の選秀女といえば、先帝の時代である。先帝はかなりの高齢だったし、朱瑛のように姉もみずから秀女になることを望むとは考えにくい性格だ。

「それで、お姉様はどうなさったんですの？」

「帰ってこなかった……」

「帰ってこなかった？」

「姉ちゃんは二、三か月で帰ってくるって言ったのに、半年経っても戻ってこなかった。だから伝手(つて)をたどって宮中に問い合わせたら、流行病(はやりやまい)で死んだって言われたんだ。

だから遺体も焼いてしまって帰せないって――」

「まあ」

暗闇ではあるが、朱瑛が目を丸くしているのがわかる。

同情されるのが嫌で、仲祥は口早に話を続ける。

「だけど、骨もないのに、急に姉ちゃんが死んだなんて言われたって信じられるはずないじゃないか。それで説明を求めたら、今度は俺が殺されかけた」

「……それは、どういうことですの？」

「わからない。とにかく俺は刺客から逃げて、旅芸人の一座にもぐりこんだんだ。だけど考えれば考えるほどわからない。姉ちゃんは本当に死んだのか？　それが真実なら、どういう経緯があったのか。俺まで命を狙われた理由はなんなのか」

そして仲祥は、まっすぐに前を見据えて言った。

「このままじゃ俺は、家にも戻れず、本名を名乗ることもできない。ずっと身を隠して生きていくなんてごめんだ」

「だから女装してまで、黄庭宮に上がったんですの？　ただのご趣味かと思ってましたわ」

「あんた……」

仲祥は、前を歩く朱瑛の背中にじっとりとした眼差しを向ける。

「女装は一座の女形に仕込んでもらったんだよ。ほかにも剣舞とか軽業とかいろいろ教えてもらった」

刺客から匿ってくれただけではない。もし彼らがいなければ、仲祥は姉失踪の真相を探ることも自分の将来も、とうにあきらめていただろう。

「その後いろいろ調べたんだけど、この選秀女はやっぱりどこか妙なんだ。だけど詳しく調べようにも、秀女たちだけじゃなくて、その侍女たちまで家に戻った奴はいなくて……。宮中にいるはずだと家族は言うけれど、手紙を受け取ってもいないって、おかしいだろう？　だけどそれぞれの龍王家では、誰も気にしている様子がないんだ――」

そこまで話したとき、ふと仲祥は異変を感じた。

さきほどまで近くでうなずいていた朱瑛の声が、いつの間にか聞こえなくなっているのだ。

「朱瑛？」

そして顔を上げた仲祥は、彼女の姿が忽然と消えていることに気づいたのだった。

＊

白虎殿は、皓々と輝く月の光を編み上げたかのような月光石があしらわれた、白亜の御殿である。

昼日中にきらきらと陽光を弾く様も美しいが、もっとも素晴らしいのはやはり夜である。怜悧な光を放つ今宵の月と同じように、闇のなかに白く淡く輝く姿ははかなげで、幻想的でさえあった。

硝子細工のような繊細なその宮殿の一角で、白蓉は優美な肢体を、色とりどりの薔薇の花びらを浮かべた湯に沈めていた。そして憎々しげに毒づく。

「本当に腹立たしい女だわ！」

黄庭宮に上がった秀女たちはみな、上帝陛下と帝室に捧げられた供物のようなものだ。それなのにあの女ときたら、『屋敷に戻ってから』などと軽々しく口にしている。戻れるはずもないのに、まったく馬鹿にしている話ではないか。

『まあ、素晴らしいわ。ぜひ頑張ってくださいませね』

「っ――」

脳裏によみがえった朱瑛の微笑みに、白蓉はばしゃりと湯を叩いた。

養女であろうがなかろうが、紅龍王家から遣わされた秀女には違いない。なのにあの女は、選秀女をなんだと思っているのだろう。

「そもそもあの女のことは、坤寧殿ではじめて目にしたときから気に入らなかったのよ……！」

それぞれの龍王家を背負って皇宮に上がった姫たちはみな、誰もが決意を目に浮かべて選秀女に臨んでいる。だというのにあの女だけは、自分は関係ないとばかりに涼しい顔で輿に揺られていた。

そのうえ実の兄に付き添われてのん気に笑っている姿に、白蓉は我慢できなくなったのだ。だからわざと輿でぶつかってやったのである。

「あんな女、死んでしまえばいいのに……！」

いや、彼女だけではない。

藍施も緇媚も、みな消えてしまえばいいのだ。ほかの秀女なんて必要ない。妃になるのは自分なのだから。

しかし一度上帝のお召しを受けただけでは、安心はできなかった。今夜は藍施が夜(よ)伽(とぎ)を仰せつかっていることを思い出し、白蓉は苛々(いらいら)と親指の爪を噛む。

「私は、ぜったいに上帝陛下の妃にならなければならないのに……！」

不安を抑えきれず、白蓉は湯から上がる。そして身体を拭くのもそこそこに、着替えのかたわらに座らせていた人形を胸に寄せた。

それは、母が亡くなり、父のもとへ引き取られたときにもらったものだ。父が白蓉になにか贈ってくれたのは、後にも先にもこのときだけだった。

「もし、妃になれなかったら……」

そんな考えが頭をよぎった瞬間、身体の奥から震えが起きた。それとともに白蓉の耳の奥に罵声が蘇る。

『こんなこともできないなんて、なんのために見目よい娼妓を選んでおまえを産ませたと思っているの⁉』

そう言って白蓉を睨みつけるのは、仙女のように美しい人だった。

父と話すときは鈴が転がるような声で話すその人は、しかし白蓉を前にすると柳眉を逆立て、休む間もなく罵りの言葉をぶつけてくる。

『ごめんなさい！　ごめんなさい、お義母様……！』

幼い白蓉は、泣きながら瑶琴の弦を必死に爪弾いた。しかし同じところで詰まってしまうと、容赦なく平手が飛んでくる。それどころか頭皮が剝がれそうなほど強く髪をつかまれ、張りつめた弦に顔を押しつけられた。

『なんて役立たずな娘なのかしら』

はじめのうちは平手であったのが、手が痛むからと扇になり、そのうち馬を調教する鞭に変わるのもいつものことだ。

それでも、間違っても顔に傷ができないよう、鞭で叩かれるときは尻が選ばれた。痕が残らないということで、食事が抜かれることもしばしばだった。

いまの白蓉が痩せて見えないのは、選秀女のはじまる前、ひと月の間無理やり食べさせられたからにすぎない。

あるとき、三日間食事を抜かれ、空腹に耐えきれずに厨房にあった饅頭をひとつつまんでしまったことがある。

『なんて卑しい子だろう。母親の血に違いない』

そのときは頬を引っぱたかれただけでなく、転がったところを何度も足蹴にされた。

そのうえで一昼夜井戸に吊り下げられたのだ。

何度謝っても、義母は許してくれなかった。それどころか井戸を覗きこみ、泣き叫ぶ白蓉を見下ろしながら笑い声を上げていた。

『卑しいおまえにふさわしい罰だこと!』

そしていつもと同じ科白を吐くのだ。

『感謝することね。秀女として皇宮にやる必要がなければ、おまえのことなんて、とうにこの真珠宮から叩きだしているのだから』

そんなとき義母を止めてくれるのは、いつも父だった。

『――そのくらいでやめておけ』

そのあとで決まって父は言う。

『もしこの子が死んだら、――を秀女にしなければならないのだぞ』

姉の名を口にする父に、白蓉はすがりついた。

『お父様……！　うまくやってみせますから！　選秀女でかならずや上帝陛下のお心をつかんで妃になってみせます。だから……！』

役立たずなんて言わないで――。

義母と同じ、いやそれ以上に冷たい目で白蓉を見下ろす父に、その願いは口に出せなかった。額から流れた血で視界が赤く染まるなか、ただ必死に訴える。

『きっとお父様の、お役に立ってみせますから……！』

カタンという扉の鳴る音がして、白蓉ははっと我に返った。

「お上がりになりましたか、白蓉様――？」

「上がったけれど、着替えはいいわ。自分でやるから」

身体を見られたくなくて、白蓉はそう言った。

義母は白蓉を叩くとき、けっして身体に傷痕が残るような不手際はしなかった。けれど、いまでも白蓉は、無防備な姿を人にさらすのが苦手だった。

「そろそろお夕食を召し上がりますか？」

今宵は藍施が召されたことを知ってから、言葉少なな白蓉を気遣っているのだろう。

着替えが終わった白蓉の髪を梳りながら、侍女が勧めてくる。

後宮に上がるために雇い入れた彼女は、白蓉が白龍王家でどのような扱いを受けていたかなど知る由もない。彼女には気づかれたくなかった。自分があの真珠宮で、畜生にも劣る扱いを受けていたことを。

「そうね、いただこうかしら」

だから白蓉は、少し横柄にも思える口調で命じる。白蓉を白龍王家の深窓の姫君と思っている彼女は、それを疑問に思うこともなく彼女に従う。

「厨房の者が言うには、肌にとてもよい湯なのだそうです」

　まっさきに差し出された白磁の碗（わん）を手に取ると、少し強めのにんにくの香りがした。

　いつ上帝陛下のお召しがあるかわからないから、精がつくものを、ということだろうか。

　それを一口すすり、白蓉は考える。幼いころからずっと不思議に思っていたことを。

　なぜ父母は、姉ではなく、白蓉を秀女にしたのか。

　秀女となることは、上帝陛下への供物になるということ。妃にならなければ、きっと二度と後宮からは出られない。

　しかしそれでも——もし上帝陛下の妃となれれば、それはこのうえもなく名誉なことではないのだろうか。龍王家にとっても、本人にとっても。

　場合によっては、男御子を賜り、次代の上帝陛下の母——国母となるのだって夢ではない。

　それともあのふたりにとって、最愛の娘である姉と会えなくなるということは、それほどに苦痛だったのだろうか。

　義母の物言いは、まるで秀女にするために、わざわざ娼妓を妾（めかけ）に迎えて白蓉を産ませたかのように聞こえた。

　なぜそこまでして、姉を秀女にしたくなかったのか。

「でもそんなこと、いまさらどうでもいいわね」

自嘲の笑みを浮かべ、白蓉はもうひと匙口に運ぶ。

すでに上帝陛下の後宮に上がった今は、なにも考える必要はない。

「だって妃になるのは、この私だもの」

姉ではない。ほかの誰でもなくこの白蓉が——。

妃になれば、父もきっと役に立ったと褒めてくれるはず。

私は、選秀女のために生まれたのだから——。

第三章　宦官は口説き魔？

隧道で、彼の声が途切れたのは突然だった。

「仲祥？」

「どうしましたの？」

朱瑛は振り返ったが、さきほどまですぐ後ろを歩いていたはずの彼の姿がない。人影どころか、彼の持っていたはずの松明の灯りまで消えている。

「落とし穴に落ちた、わけではありませんわよね？」

石畳の道を松明で照らしながら少し戻ってみるが、おかしなところは見当たらない。横道も存在せず、あるのは黄庭宮の内と外をつなぐ一本の道である。

「ひとりで戻ったってことですの……？」

追い抜かれた気配はなかった。ということは、姉の話をしているうちに、やはり黄庭宮から出るわけにはいかないと引き返したのだろうか。

「だとしても、さすがに無言でというのはいただけませんわね」

気が変わったのなら、そう言えばいいのに。

そう思いながら朱瑛はひとりで隧道を歩きだす。しかししばらく進んでから、ふたたび違和感に襲われる。

さきほどからかなり歩いているはずなのに、いつまで経っても出口にたどり着かないのはなぜだろうかと。

「これほどに遠かったでしょうか？　道を間違えるはずはありませんのに……」

坤寧殿（こんねい）の裏手から黄庭宮に入るときも、たしかに皇宮から出てしまうのではないかと疑うくらいの距離を歩かされた。とはいえ、ここまで時間はかかっていない気がする。

朱瑛は得体の知れない感覚に首を傾げた。薄暗く奥の見えない隧道が、岩肌で揺らめく松明の影が、それをいっそう煽り立てる。

いったん宮内に戻るべきか。そう考えかけたときだった。

「――闇雲に歩いても、ここからは出られないよ」

背後から腕をつかまれ、朱瑛ははっとした。

「誰ですの……？」

振り返ると、松明の灯りに照らされた枯色の長袍が見えた。

朱瑛を連れ戻しにきた宦官だろうか。そう思ったが、男の声に咎めるような色はなかった。しかし朱瑛を逃がさんとするかのように、つかまれた腕には力がこめられている。

「あなた……」

誰か確認しようにも、薄暗くて顔がよく見えない。しかし身にまとう雰囲気に覚えはなかった。おそらくはじめて会う宦官だろう。

「黄庭宮から外へ向かう道は閉じられている。このまま歩いても、君は出られない」

「閉じられているとは、どういうことですの?」

「とりあえず、隧道から出よう」

朱瑛の質問には答えず、宦官はもと来た道へと彼女の腕を引いた。抵抗する隙を与えられず素直に踵を返すと、不思議なことに黄庭宮側の出口に戻るのはすぐだった。

「まあ、あんなに歩いたはずですのに……」

しかも黄庭宮を出ようとしたのは夕暮れ前だったのに、すっかり日が落ちているではないか。いったいどれだけ、隧道のなかを歩いていたのだろう。満月に近い月を眺めながら、朱瑛は思った。

彼女を隧道から連れだした宦官へ視線を向けると、彼はなぜか、さきほどまで朱瑛をつかんでいたはずの手のひらをじっと見つめている。

「なかでずいぶん迷っていたようだね」

朱瑛の視線に気づいたように顔を上げ、彼は穏やかな笑みを浮かべた。

やはりはじめて会う宦官だと、朱瑛は彼を眺めながら思った。

どことなく気障な印象をあたえる人だ。色素の薄い頭髪をゆったりと編こみ、片側の肩に垂らしているのがなんとも様になっている。

しかしいかにも女性受けしそうな明るくやわらかな口調とは裏腹に、瞳の奥に黒い染みのような感情が覗くことを、朱瑛は見逃さなかった。

坤寧殿の前ではじめて宦官という存在を見かけて以降、朱瑛はずっと感情という感情をいっさい見せない彼らに、どこか薄気味悪さを感じていた。しかしこの宦官は、ほかの者とは少し印象が違う。

「あなた……」

「私のことは、款冬と呼んでくれ。君は紅龍王の姫君だろう？」

「一応そうなっていますわ」

「一応？」

くすりと笑った款冬は、ゆったりとした視線で朱瑛を見つめた。そして流蘇についた宝玉をさらりと指でもてあそび、次に彼女の腰から下がる赤褐色の珠に触れようとする。

「なんですの？」

「いや、きれいだと思ってね。君によく似合っている」

まるで手慣れた口説き文句のような科白である。朱瑛は後ろに一歩下がり、うろんげに彼を眺めた。

「……あなた、本当に宦官ですの？」

「そうじゃないように見えるかい？」

款冬が茶化すように答える。なかなかにつかみどころのない男だと朱瑛は思った。宦官でなければ、男性が後宮に入れるはずはない。しかし仲祥のような存在がいる以上、その可能性は否定できないのではないだろうか。

「だってあなた、ほかの宦官の方たちとは、ずいぶん雰囲気が違いますもの」

「そうかな？　まあ私は上帝陛下の宦官だから、選秀女を滞りなく進めることしか考えていない蘇総監たちとは、ちょっと違うかもしれないね。だから君を見つけたのが私でよかったよ。隧道に入ったのを彼に見つかっていたら、大変なことになっていたはずだからね」

款冬の口調は、やはり咎めるようなものではなく、むしろどこかこの状況を楽しんでいるかのようだった。

「仕方がありませんわ。紅龍王様に会わなければならないんですもの」

「紅龍王に？」

「ええ。選秀女に参加すれば、煉丹術のための丹砂（たんさ）を下さるというお約束だったのですが、今日になってもみない理由だったのか。款冬は少し驚いたような表情を浮かべたが、すぐに同情するように言った。

「秀女として、一度この黄庭宮に入った女性は、妃になるほかに外に出る道はないはずだよ。比喩ではなく、実際にね」

「どういうことですの？」

「この黄庭宮は、とくべつに作り上げられた〝場〟なんだと思う。女性が外に出ないよう術が施されている」

「つまりわたくしは、黄庭宮に閉じこめられているということですの？」

上帝の権威を守るためとやらにそこまでやるのかと、朱瑛は眉をひそめた。

「もしかしたら、出られる方法もあるのかもしれないけれど、私はそれを知らない。だからさっき、『闇雲に歩いても出られない』と言ったんだ」

款冬が、そうとらえどころのない笑みを浮かべたときだった。隧道へつながる扉が、突然バタンと開いたかと思うと、仲祥が飛び出してきた。

「朱瑛!? あんた、どこに行って……」

朱瑛の顔を見るなり、彼はそう言って駆け寄ってくる。

「それはわたくしの科白ですわ。仲祥こそ、どちらに行っていましたの?」

とっくに黄庭宮へと引き返したと思っていたのに、仲祥は隧道から出てきた。ということは、後ろを歩いていたはずの彼が、いつの間にか朱瑛を追い越してしまっていたのだろうか。

「いや、なかではぐれちまったから、先に外に出たのかと思って……。だけど隧道を出ても坤寧殿に繋がる門は施錠されてるし、後宮の外に出た気配がないから、ずっと捜していたんだ」

隧道と後宮を何往復もしたと、息を切らしながら仲祥は言った。

「あなたは外へ出られたんですの?」

朱瑛が目を丸くすると、ふたりの間に款冬が割りこんだ。

「君の侍女かい？」

朱瑛がうなずくと、款冬は「ふうん」と仲祥を足元から頭まで眺めた。

「な、なんでしょう？」

慌てていたらしい仲祥は、ここに朱瑛以外の人物がいることにはじめて気がついたようだった。女装がバレないようにと思ったのか、いまさらながらに高い声で返す。

その股間を、突然款冬がつかみあげた。

「うっぎゃあ！」

思いがけない行動だったのだろう。仲祥は蛙がつぶれたような声を上げて跳び上がった。

「ああ、やっぱり女の子じゃないんだね」

うっかり口説かなくてよかったよ、と款冬が笑った。

「なんなんだよ、いったい!?」

男であることを知られて、取り繕う必要はないと思ったのだろう。なかば涙目になりながら仲祥が款冬を睨みつける。

「いや、きちんと確認しないといけないと思って」

「だからって、いきなりつかむか!?」

「女性は出られないはずの黄庭宮から出られたなんて、男の子なのか、それとも宦官かのどちらかしかないからだよ」

大丈夫、誰にも言わないから。そううそぶいた款冬に、仲祥は眉をひそめた。

「女性は出られない？　どういうことだ？」

朱瑛は仲祥に、これまでの経緯を説明した。隧道のなかではぐれたあと、黄庭宮の外に出ようとしても、たどり着けなかったこと。そしてずっとなかで迷っていたことを。

「本当に出られなかったのか？　どうして？」

仲祥は信じられないと首を傾げた。

彼の話では、はぐれてから坤寧殿の裏手に出たのはすぐだったという。そちら側にも見張りはおらず、行き来するのはたやすかったと彼は言った。

「なんのために、そこまでするんだ？　術を使ってまで秀女を閉じ込めるなんて、なんの意味がある？」

「どうしてって言われても、そんなこと私のような一介の宦官にわかるはずないじゃないか」

仲祥の問いに、款冬は悪びれることなく答えた。

「理由はともかく、出られないのは困りますわ。丹砂はもう底をつきましたし、そもそも短期的な滞在と思っていましたので、材料もお道具も、最低限のものしか持ちこんでいないんですのよ」

「……あんたには、やっぱりそれしかないのか?」

頰に手をあて「ふう」とため息をこぼす朱瑛に、仲祥が生温かい眼差しを向ける。閉じこめられていると聞いても、心配するのは煉丹術のことばかり。ある意味まったく動じない朱瑛に、仲祥はあきれを通り越して感心してしまう。

「閉じこめられていることはともかくとして、君は上帝の妃になりたくはないの? 仮にも秀女として後宮であるこの黄庭宮に入ったんだろう?」

「上帝陛下が、心置きなく煉丹術ができる環境をくださるなら、考えてもいいですけれど……」

唇に指を寄せ、朱瑛は考えながら答えた。妃だろうが、結婚だろうが、煉丹術ができない状況になるのは御免だと。

きっぱりと言いきる朱瑛に、款冬は訊ねた。

「そんなにも不老不死になりたいのかい?」

「わたくしべつに、不老不死になりたいわけではありませんわ」

「そうなのか？」

朱瑛が笑って否定すると、意外だったのか、これまでさんざん煉丹術を手伝わされた仲祥も目を丸くする。

「煉丹術というのは、神話や哲学から薬学、医学にまで通じる、いわば学問ですわ。あらゆる自然現象を解き明かし、世の中の真理を求める知識の集大成。それが煉丹術なんですの」

款冬と仲祥が見つめるなか、朱瑛は目を爛々と煌めかせて説明する。この世にこれ以上楽しいものなどないとばかりに。

「わたくしは煉丹術を極めることで、この世の森羅万象の謎を解きたいだけなのです。その行きつく先に、不老不死があるというだけですわ」

朱瑛が言うと、款冬は「ふーん」とうなずいた。

「よくわからないけど、そういうことなら上帝に頼んで、約束のものをはやく君に送るよう紅龍王に伝えてもらおうか？　その間に、ここから抜け出す方法をゆっくり考えていけばいいんじゃないかな」

「それは助かりますわ」

願ってもない申し出に、朱瑛は款冬に礼を言った。

「君のためならよろこんで。理屈っぽい女の子も僕は好きだからね」

そんな、聞いていた仲祥が口から砂を吐いてしまいそうな科白を、款冬が告げたときだった。

「あら――?」

背後から女性の声が聞こえた。振り返ると、なぜか朱雀殿のなかから緇媚(しび)が出てくるところだった。

「灯りが見えたと思ったら、こんなところにいらっしゃったの?」

かがり火に照らされた緇媚の瞳は、まるで黒曜石のように艶やかで、闇の深淵を覗きこんでいるかのような気持ちにさせられる。思わず目を奪われていると、彼女は凪(な)いだ湖面のように静かな口調で言った。

「朱雀殿にいないとお付きの宦官が申していたから、あなたも後宮から逃げだしたのかと思っていたのよ?」

「これは黒秀女様。庭の奥まで散策していましたら、迷ってしまいまして――」

朱瑛が言葉を返す前に、仲祥が間に割りこんで答える。放っておくとまた朱瑛が、なにを口走るかわからないからだ。失敗した以上、脱走したことが知られれば大事になる。

「――って、『あなたも』とは?」

朱瑛顔負けの淑やかさで答えたあと、仲祥ははたと我に返った。そういえば、なぜ緇媚はこんな夜半に朱雀殿を訪ねてきたのだろう。彼女にあてがわれた玄武殿からは離れているはずなのに――。

「……白蓉様が、後宮から抜け出されたそうよ」

「ええ!?」

「まあ」

そしてふたりは、緇媚からもたらされた情報に思わず顔を見合わせたのだった。

＊

詳しい説明があったのは、翌日になってからだった。

朱瑛と緇媚、そして昨夜上帝のお召しを受けていたという藍施(らんし)を加えた三人は、麒麟殿に集められ、蘇総監から報告を受けたのだ。

「白蓉様がいなくなったというのは、本当ですの?」

朱瑛が訊ねると、蘇総監はあいかわらずの無表情で淡々と話しはじめた。

「侍女の話では、夕餉を召し上がったあとから姿が見えなくなったとのことです。連絡を受けて担当の宦官たちが黄庭宮中を捜させていただきましたが、見つかりませんでした」

「見つからないと言いますと？」

「おそらく夜陰に乗じて後宮を抜け出されたことと存じます」

部屋の隅では、白蓉の侍女が青ざめた顔でぶるぶると震えていた。みずからの落度を責められると思っているのか、主とともに朱瑛に嫌みを言っていたときとは違い、借りてきた猫のようにおとなしくなっている。

「……後宮からは出られないって話じゃなかったのかよ。それに俺、隧道で誰ともすれ違わなかったぞ？」

仲祥もおかしいと思ったのだろう。蘇総監には聞こえないよう、朱瑛の背後でぼそりとつぶやいた。

朱瑛はうなずき、蘇総監に訊ねた。

「それだけで抜け出されたと結論づけるのは早計ではありませんの？」

「白龍王様の上屋敷にお戻りとの連絡を、今朝受けております。実は、かねてより選秀女の重圧に耐えられず、後宮から姿を消す方は少なくないのです。ですから白蓉様も——」

「まったく人騒がせな方ですわね！」

蘇総監が言い終わる前に、声を荒らげたのは藍施だった。

「でも怖気づくのも仕方がないかもしれませんわね。聞けば白蓉様は、正式に妃とさえ認められていない卑しい妾の子で、その母君は身分低い娼妓だったとか。それではそんな心構えであってもうなずけますわ」

吐き捨てるように言うと藍施は、高らかに哄笑した。

「そんな身の程知らずな人など放っておいて、私は上帝陛下をお迎えする準備をしなければ。今夜もきっと私を召してくださるはずですもの」

昨夜よほど上帝を満足させた自信があるのだろう。藍施はまだ一度もお召しを受けていない朱瑛にちらりと視線を向けた。

「朱瑛殿は、まだご存じないでしょう？　上帝陛下は本当におやさしい方なんですのよ？　あなたにもはやくお召しがあるといいですわね」

そしてふふと笑みを深めて言う。

「考えようによっては、白蓉様はとても賢い方かもしれないわ」

「どういう意味かしら？」

縕娟がおっとりとした口調で訊ねた。

「だって、上帝陛下の妃になるのは、この私ですもの。あなた方も、さっさと尻尾を巻いて逃げられたほうが賢明ですわよ」

言いたいことだけ言い放つと、藍施は煌びやかな裾を翻して去っていったのだった。

「まさかあの姫さんが脱走するなんてな。妃になるのは自分だって、あんなに豪語してたのに――」

朱雀殿に戻ると、仲祥は複雑な気持ちでつぶやいた。

朱瑛のもとへ嫌みを言いに乗りこんできたときのことを思うと、拍子抜けしてしまう。それほどに上帝の妃になりたいのかと思っていたら、一週間あまりであっさりと自邸に逃げ帰ってしまうとは。

「人間ってわからないもんだよな……」

落ち着かないのは、たぶん後味が悪いからだ。

『卑しい妾の子』

白蓉はいままでも、あんなふうに言われてきたのだろうか。反逆者の息子と蔑まれてきた自分と重なり、仲祥はやるせなくなる。

『まさか朱瑛殿が、そんな浅はかなお気持ちで、この選秀女に臨まれていたなんて！　まあ、紅龍王様の姫君といっても血筋卑しき養女では、それも仕方がないかもしれませんわね』

あれもみな、妾の子と蔑まされて育ち、みずからの境遇を恨んできた白蓉の精いっぱいの強がりだったのかもしれないと。

「それにしてもあの気障なやつ……、款冬って言ったか？　女は黄庭宮から出られないなんて、適当な嘘をつきやがって――」

仲祥は、昨夜朱雀殿から出てきた緇娟と話しているとき、いつの間にか消えていた款冬を思い出して毒づいた。

宦官にもかかわらず、隙あらば朱瑛を口説こうとしているように見えて、まったく油断のならないやつだったと。

「ですが、簡単には出られないのは事実ですわ。『出られる方法もあるのかもしれないけれど、知らない』とも言っていたので、款冬殿も嘘をついたわけではないのでしょう。そうでなければおかしいですもの」

さきほどから土をこねていた朱瑛が、ようやく口を挟んだ。いつも煉丹術中はまわりが見えなくなるほど没頭する彼女だが、今日は仲祥の声を聞いていたらしい。

「おかしい？」

「だって仲祥のお姉様は、前回の選秀女でこの黄庭宮にいらっしゃったのでしょう？」

「あ、ああ。たぶん……」

白蓉の話をしていたはずが、唐突に姉について話が飛んで、仲祥は言葉を詰まらせた。昨日は話しすぎたと後悔しているからだ。

暗闇のなか互いの顔も満足に見えない状況だったからだろうか。なんとなく素直な気持ちになって、誰にも話したことのない姉のことをしゃべってしまっていた。

たぶん朱瑛なら、姉の話をしても彼に同情することも、あきらめるよう諭すこともない。なんとなくそうわかっていたからかもしれない。しかし本音をさらけ出してしまったことが、今さらながら恥ずかしい。

そわそわしている彼に気づくこともなく、朱瑛は続けた。

「わたくし、ずっと考えていましたの。前回の選秀女でここに来られた方々は、どちらにいらっしゃったのかと」

「え？」

「仲祥のお姉様は、流行病で亡くなったというお話でしたわよね？　ではほかの方々は？　少なくともお姉様とはべつに、四海龍王家の姫たちもいたはずでしょう？」

「それは……」

「前回の選秀女が行われたのは、たった十年前ですわよ？　老衰で亡くなるような年月ではありませんもの。ここを出ることが叶わないのでしたら、その方たちはいったいどこに行ったんでしょう？」

仲祥の背中に、すっと冷たいものが吹きつけた気がした。

たしかに前回の選秀女で年頃の娘だったとなれば、今はまだ三十歳前後のはず。なのにこの黄庭宮には、前回の秀女と思われる者はひとりもいない。今回の秀女と、その侍女たち。それ以外は、宦官しか存在していないのだ。

「みなさま同じ病で亡くなってしまいましたの？　ですがそこまで強い伝染病でしたら、きっと市中でも蔓延したはずですわよね？　でもわたくし、そんな噂さえ、耳にしたことがありませんもの」

「……黄庭宮のなかを見まわったけど、墓なんてなかったぞ？」

黄庭宮に潜りこんで以降仲祥は、姉の手がかりはないかと、麒麟殿をはじめとしたほかの殿宇や、庭などをひそかに調べていた。しかし人が埋葬されているような場所など、目にしたことがない。

「そうですわよね。ですからやはりみなさま、選秀女が終わったときに外に出たのでしょう。ですから款冬殿のおっしゃったことは、嘘ではないんでしょうが、事実ではありませんわ」

「そうだよな。はは。隧道が駄目でも、壁を越えるって手もあるし」

あの隧道以外にも出入口があるのかもしれないと話す朱瑛に、仲祥はどこか薄寒く感じる気持ちをごまかすように笑った。

「ですけど、そういえば款冬殿というお名前――」

「なんだよ、まだなにかあるのか？」

ふと神妙な表情を浮かべた朱瑛に、仲祥は慌てて訊ねる。

「いえ、なんでもありませんわ。お花の名前だと思っただけですわ」

「花の名前？」

「――あ、もしかして」

「だからなんだよ!?」

焦れたように仲祥は言うが、顔を上げた朱瑛は答えることなく部屋の隅に駆け寄った。

「仲祥、これをお願いできますかしら」

「……待て、話が飛躍しすぎていてわからない」

泥だらけの手で朱瑛が押しつけてきたのは、一抱えほどの甕だった。戸惑った声をもらす仲祥に、彼女は悪びれることなく言う。

「さきほどからずっと、土の感触がおかしくて困ってましたの」

「土?」

「ええ。飛炁炉を密封するための土は、とくべつな粘土や陶土などに塩や酢を入れてこねるのですが、その際新鮮な水を使わなければならないのですわ。もしかしたら、宦官が外から運び入れる水が古いのかもしれません」

「……」

「たしか庭園に井戸がありましたわよね? 今から汲みに行きますわよ――って、仲祥? どうしましたの?」

「……いや、もういい」

深く考えている自分が馬鹿らしく思えて、仲祥はなげやりに言った。

そんな彼に気づく様子もなく、謎が解けたとばかりに、朱瑛は上機嫌で朱雀殿から飛び出していく。あいかわらず思いたったらすぐ行動しないと気が済まない性格だ。

「ここから出られなくて気落ちしてるんじゃないかなんて、勝手に俺が心配していただけだもんな。ああそうだよな」

「なんですの？　さきほどからぶつぶつと」

「べつに」

なにやらふてくされたようにつぶやいている仲祥にかまわず、朱瑛は揚々とした足取りで、五つの殿宇のちょうど中心にある井戸に向かった。

隧道の出口から見下ろしたときは、井戸まではすぐの距離のように思ったが、実際はそうでもなかったらしい。しかし黄葉した木々の間に設けられた玉石の小径は歩きやすく、朱瑛は舞い上がる落ち葉を踏みしめながら庭園を奥へと進んだ。

「思っていましたより立派な井戸ではありませんか！」

朱瑛は、目的のものが見えてくると感嘆の声を上げた。

黄庭宮の中央に設けられたその井戸は、金属を鋳造してつくられた円形の井戸枠が重厚な堂々としたものだった。その壁面には、いまにも天に昇らんとする五体の龍が、等間隔に彫られている。

「だけどそういえば、黄庭宮に入ったとき、井戸は涸れてるって蘇総監は話してなかったか？」

不承不承ついてきた仲祥が、井戸に駆け寄ろうとする朱瑛に言った。

「きちんと手入れもされているようですし、少しは湧き出ているのでは――」

そう話しているときだった。朱瑛は井戸べりに、女性がひとり立っていることに気づいた。

「あら、どなたかいらっしゃいますわね」

彼女の声が聞こえたのだろう。井戸を覗きこんでいたその女性が、顔を上げてこちらを向いた。

「これは……紅秀女様」

「あんた、たしか――」

膝を軽く折って礼を取った女性には見覚えがあった。仲祥が口を開こうとすると、向こうから名乗ってくる。

「玄武殿に仕えております花梨と申します」

やはり黒秀女である緇媚の侍女だ。

いつも主の後ろで目立たないように佇んでいるので印象は薄いが、朱瑛と同じくらいの年頃だろう。しかし墨色の長袍を身にまとい、ひとつにまとめて上げただけの髪にも簪ひとつつけていないなど、かなり地味な娘である。

しかしこうして近くで見れば、磁器のように白く肌理の細やかな肌やすっきりとした目元など、主である縹媚にも引けを取らない美しさが彼女にはあった。

「こんなところでなにをしているんですの？　なにやらとても楽しそうにされていましたけれど」

「そんな、楽しいだなんて。水を汲みにきたのですが、どうやら涸れているようで困っていたのです」

「まあ」

花梨の言葉に朱瑛も、手近にあった石を井戸に投げ入れてみるが、まったく水音はしない。

「仕方がありませんね」

ほら見たことかと視線を向けてくる仲祥にかまわず、朱瑛はため息をこぼした。

「水を汲みにいらしたんですか？　どうして紅秀女様が直々に？」

「べつに水くらい、いくらでも汲みますわよ。煉丹術のためなら、どんな手間も惜しむつもりはありませんもの」

「煉丹術？」

「ああ、なんでもありません、花梨殿。紅秀女様は少し疲れているのです」

目を丸くした花梨に仲祥は、また変人扱いされるのも面倒だと適当に話を終わらせようとした。しかし――。

「紅秀女様は、煉丹術をされるんですか？　それは素晴らしいですわね！」

先日の白蓉のように、てっきり奇異の目を向けてくると仲祥は思っていたのに、花梨の口から出たのは純粋な感嘆だった。

「まあ、本当にそう思う？」

「ええ！　私、子供のころ咳の病があったんですけど、煉丹術師の作った薬をいただいたら、それがぴたりと治ったことがあるんです」

「そうですわね。煉丹術のおかげでできた薬は本当に多いんですのよ。丹がつく薬はたいていそうですわ」

朱瑛は、久しぶりに話のわかる人に会ったとうれしくなったらしい。すっかりいい気になって煉丹術について熱く語りだす。

「それだけじゃありませんわ。花火だってお豆腐だって、煉丹術がきっかけで誕生したものはたくさんありますのよ？　なのに世の中には煉丹術を〝不老不死を求める妖しげなもの〟と決めつける輩が多くて、本当に困っているんですわ」

勝ち誇ったような視線を朱瑛が向けると、「悪かったな……」と仲祥が顔を引きつらせた。

「言っておくが、俺の反応のほうが普通だぞ!? だいたいあんたはなあ――」

「――俺？」

花梨が仲祥の一人称に首を傾げる。はっと我に返り、仲祥はどっと汗を噴き出させた。

「やだあ！ 私ったら、また言っちゃった！ 恥ずかしいわ！ 私、男兄弟が多かったから、言葉遣いが悪くて！」

ごまかそうとした仲祥がしゃべり倒すと、朱瑛が吹きだしそうになるのを堪えている。「くそ、覚えておけよ」と彼はひそかに睨みつけるが、まったく効いている様子はない。

「うらやましいわ。主従なのに、仲がいいのね」

「まあ、花梨は緇娟様と仲が悪いの？」

「悪いわけではないけれど、緇娟様は厳しい方だから……」

気の置ける関係ということだろうか。しかし世の中そんな主従はたくさんいるだろう。

「だからおふたりと、お話しできてよかった。秀女が連れてこられる侍女はひとりだけって、決められているでしょう？　同僚もいないし、ほかの秀女様の侍女たちは気位が高くて、敵と思われているのかちっとも話し相手になってくれなくて、寂しかったんです。宦官のみなさんも、そっけないというか儀礼的というか……その、なんだか人形みたいな感じがしますし」

「そういえば、たしかに宦官の方々は、あまりお話をしてくれませんわね」

それぞれの殿宇には宦官は数人ずつ配属されているのだが、食事の準備をしたり部屋を整えたりという必要最低限の世話を黙々とこなすだけで、それ以上には朱瑛や仲祥に関わろうとはしない。

「ああ、彼らね……」

その言葉に、仲祥もうなずいた。

黄庭宮に入ったばかりのとき、朱瑛の無茶な要求に切れた仲祥が、彼らに煉丹術に手を貸してくれるよう何度か頼んだことがあったのだ。しかし彼らは、視線さえ合わせることなく、無表情のまま否を唱えた。

「蘇総監の命令がなければ、なにもできないって」

だからこそ先日、款冬に会ったときに仲祥も驚いたのだ。

そのときのことを思い出していると、背後で枝を踏む音がした。振り返ると、たったいま話題に上っていた蘇総監が気配もなく立っている。

「こちらにおいででしたか」

悪口を言っていたわけではないが、少し気まずい思いをしている仲祥の脇をとおり、蘇総監が朱瑛に歩み寄った。

「井戸には近づかれませぬよう申し上げたはずですが」

「申し訳ありませんわ。汲みたての水が欲しかったものですから」

「ではそのように宦官にお申しつけください。黄庭宮の外から運び入れてはいますが、古いものではありません。それより――」

「なにかありましたの？」

首を傾げた朱瑛に、蘇総監はこれ以上ないほど恭しく告げた。

「今宵、紅秀女様に上帝陛下のお召しがあります」

第四章　房中術を試させて

朱雀殿に戻ると、先に連絡を受けていたようで、すでに宦官たちが夜伽の準備のために慌ただしく働いているところだった。

朱瑛に入浴させるためだろう。部屋の奥、衝立の向こうにある大きな盥に湯をためはじめ、花びらまで浮かべている。それを横目で見ながら、なぜか仲祥はそわそわと落ち着かない様子で訊ねた。

「どうするんだ、あんた？」

「どうするもなにも、呼ばれた以上は、麒麟殿に参るしかありませんでしょう？　外で蘇総監にお会いしてしまった以上、仮病も使えませんし」

「だってあんた、妃になるつもりはないって言ってたじゃないか！」

朱瑛にそのつもりはなくとも、こうして召しだしたということは、上帝は違うはずだ。寝所に入ってしまえば、秀女として夜伽を断れるはずもない。

「心配しなくても大丈夫ですわよ。試したいこともありますし」

「試したいこと？」

「これですわ」

訊き返した仲祥に、朱瑛は棚にしまっておいた書物のなかから一冊を選んで差し出した。受け取った仲祥は、何気なくそれをぱらぱらとめくり、次の瞬間目を剝いた。

「ばっ⁉　こんなときに春画なんて見せてくんな！」

慌ててすぐに閉じても、見開いた頁（ページ）に描かれた男女が絡みあっている画がすっかり脳裏に焼きついてしまっている。仲祥は真っ赤になってそれを放り投げた。

「なにをするんですの、仲祥。破れたらどうするのです？　もっと優しく扱ってくださいな」

大事な書物を乱暴に扱われ朱瑛は頬を膨らませた。

「だいたい、これのどこが春画なのです。そんな低俗なものと一緒にしないでくださいな」

「それが春画でないなら、なんだって言うんだよ⁉」

「房中術の指南書ですわ」

「は？」

　仲祥の目が点になった。

「わたくしがいつも励んでいる仙薬作りは、煉丹術のなかでも、いわば外丹と呼ばれるものです。鉱物や草木を通じて外から自然の気を取り入れ、不老不死を目指すというもの。それとは逆に、胎内で火候たる気を煉ることを内丹というのです。そのうちのひとつが、男女の交わりによって気を高める房中術で――」

「ああああああ！　本当にあんたは、それ以外ないのか!?」

「当然ですわ」

　苛立ちをあらわにした仲祥に、朱瑛は胸を張って答えた。そしてどこか陶然とした表情で続ける。

「そもそも煉丹とは、宇宙の真理を探索する崇高なもの――。まだ子供の仲祥には、わからないかもしれませんけれども。春画だなんて、そんなことばかり考えてしまうのは、お年頃だからですの？」

「よけいなお世話だ！」

　房中術の指南書だかなんだか知らないが、描いてあることは春画となにが違うのか。仲祥は憤慨するが、朱瑛はどこ吹く風だ。

　入浴の後に運ばれてきた精進料理をしっかり平らげ、朱瑛は迎えに来た蘇総監について揚々と朱雀殿を後にする。

「ああもう、くそ！　勝手にしやがれ！」

その背中に、仲祥は毒づいたのだった。

「まったく仲祥は、おかしな子ですわね」

麒麟殿へと続く小径を歩きながら、朱瑛はくすりと笑う。

女装をしているくせに、女っぽくて嫌いだからとなかなか名前を教えてくれなかっただけではない。ほかの秀女たちが上帝の寝所に召される状況に、本当にいいのかと念押ししてきながら、いざとなると慌てるなんて、なんて矛盾に満ちているのだろう。

「なにかおっしゃいましたか？」

「いいえ、なんでもありませんわ」

振り返った蘇総監に笑顔で答え、朱瑛は階を上がって麒麟殿の主殿へと足を踏み入れる。

「そういえば、麒麟殿は上帝陛下がお渡りになるときの寝殿とのことですが、こちらに秀女が入ることはありませんの？」

そう訊ねたのは、秀女にされたのではと仲祥が懸念していた彼の姉が、梔子色の長袍をまとっていたと聞いているからだ。梔子色——つまり黄色を象徴する殿宇は、麒麟殿のはずである。

視線をめぐらせば、琥珀や黄玉で飾られた殿内は、広さも調度の質もほかの四殿とそう変わるところはない。仮にも上帝陛下のために造られた寝殿ならば、さらに豪奢に設えてもよさそうなものなのに。

そう思っていると、蘇総監が静かな口調で答えた。

「秀女とは、四海龍王家の姫君方にのみ与えられる称号です。この麒麟殿には、かつては巫女が入ったと聞いています」

「巫女？」

「神代にこの世を治めていた神龍へと仕える巫女です。帝室のなかから託宣によって選ばれ、この選秀女を取り仕切ったとか。ですがいまは、そのような用途でここが使われることはありません」

「それはなぜですの？」

たしかに今回の選秀女には、巫女はいない。朱瑛は疑問に思って訊ねた。

「巫女を務められる女性が、もういないからです」

蘇総監は多くを語ろうとはせず、それだけ告げると朱瑛を主殿の脇に設けられた部屋へと案内した。

「では——」

そして朱瑛を内衣だけにさせると、蘇総監は頭を垂れて早々に退出していく。

寝所にひとり残された朱瑛は、紅い提灯(ちょうちん)のほかには燭台(しょくだい)がひとつのみの、やや頼りない明かりのなか、あたりを見まわした。

しかしとくに変わったところもない。退屈した朱瑛は寝台に座り、手順を再確認しようと、隠し持ってきた房中術の指南書を開いた。そうして焚かれている薫香を吸いこみながら待っていると、やがてさやさやという衣擦(きぬず)れの音とともに、上帝が部屋へと入ってくる。

「いらせられませ」

漆喰(しっくい)の壁に上帝の影が揺れるのを横目で見ながら、朱瑛はさきほど蘇総監に教わったとおり淑やかに礼をとった。

ちらりと視線を上げると、上帝陛下は想像とは違って女性的な顔立ちの人だった。

色白な面長の輪郭に柳のような細い眉、そして薄い唇と、端整ですっきりとした印象だ。背はあまり高くなく、おそらく女装をしている仲祥のほうが上背があるだろう。

そして童顔なのか、聞いていた年齢よりも若く、十代にさえ見える。

「あなたが、朱瑛殿ですね」

「ええ、そうですわ」

にっこりと笑みを浮かべて朱瑛が答えると、上帝陛下は彼女の頭からつま先までを、まるで観察するように眺めた。

「あの？」

値踏みする眼差しの理由がわからず首を傾げると、突然上帝陛下が吹きだした。

「煉丹術が趣味というから、どのような女性が来るのかと思っていましたが、意外に普通ですね」

どこか挑発するような口調で言われるが、朱瑛はそれを気にした様子もなく純粋に目を丸くした。

「まあ。わたくしが煉丹術をたしなむこと、ご存じでしたの？」

「ええ、調べさせていただきました。紅龍王様の迎えられたご養女は、煉丹術に耽溺する変わり者で、屋敷を燃やしたこともある危険人物であると！」

たいていの女性であれば、上帝にそのようなことを言われればショックを受けるか、場合によっては泣きだしてしまう者もいるかもしれない。

しかし朱瑛は、上帝の言葉に掛け値なしの笑みを浮かべた。

「そうでしたの。それでは話がはやいですわね」

「は？」

予想外の反応に怪訝な表情を浮かべた上帝は、次の瞬間、寝台に押し倒されて目を見開いた。

「しゅ、朱瑛殿？」

まさか女のほうから、このようなことをしてくるとは思っていなかったのだろう。上ずった声をもらす上帝にかまわず、朱瑛は言った。

「指南書によりますと、まずは互いの衣をすべて脱がなければならないとのことですわ」

「し、指南書？」

「ええ。房中術はご存じですの？　煉丹術のなかでも、男女の交わりによって丹田で気を高め、不老不死を目指す術ですわ」

「房中術……」

「ああ、上帝陛下はお気になさらなくて大丈夫ですわ。わたくしがすべての工程を取り仕切りますので」

「すべての工程って……」

甘い雰囲気もへったくれもなくそう口にすると、朱瑛はしどろもどろの上帝陛下の襟元を大胆にくつろがせる。

「うわっ」

そのとたん焦ったらしい上帝に突き飛ばされ、朱瑛は後ろにころんと転がされてしまう。

「まあ、恥ずかしがられる必要はありませんのに」

しかし即座に身を起こし、尻をつけたまま寝台の奥へと後ずさる上帝に、彼女はにじり寄る。

「な、なにを……」

「大丈夫ですわ。すべてわたくしにお任せになって。自由な気持ちで、心置きなく、丹田で気を高めてくださいませ」

「よ、よせ！」

「ふふふふ」と偏執的な笑みを浮かべた朱瑛に上帝が叫んだ直後だった。

視界がぐにゃりと歪み、朱瑛の意識は突如として暗転したのだった。

＊

『選秀女がはじまるようだぞ』

思い浮かべるだけで虫唾が走るその声が、楽しげにそう告げた日のことを、藍施は死ぬまで忘れることはないだろう。

あれは無数の水晶が蒼天を映して青く輝く、麗しの水晶宮でのことだった。

そしてそう告げたのは、若々しくも雄々しい当代の青龍王――藍施の叔父にあたる男である。

宮殿内のいたるところに設けられた噴水が織りなす、清らかな水のせせらぎを耳にしながら、藍施は頭を垂れた。

『父上――』

本当は薄汚いその男を、〝父〟などと呼びたくなかった。しかしそんな本心を押し隠し、藍施は従順なふりをしてうなずく。

いまの藍施には、なんの力もないからだ。

『私に、上帝陛下の後宮に上がれとおっしゃるのですね』

おのれの龍王家から妃を出すことができれば、もたらされる政治的な利益は計り知れない。しかしそれがわかっていても、娘を後宮に上げることを望む龍王家はほとんどなかった。

なぜなら、妃になれなかった秀女で、生きて後宮を出た者はいないからだ。

だからどの龍王家でも、困窮した縁戚から養女を迎えたり、身代わりを送りこんだりして娘が秀女になるのを免れようとする。またははじめから、使い捨ての娘として身分の低い妾妻に生ませることもあるらしい。

『わかっているではないか。罪人の娘であるおまえを生かしておいたのは、このためだからな』

だから青龍王も、そう言って藍施に品のない笑みを浮かべた。

私は「罪人の娘」などではない――。そう藍施は心のなかで叫んだ。父は罪など犯していないと。

父は陥れられたのだ。弟であるこの男に。

冤罪であることくらい、祖父である先代の青龍王も気づいていたはずだ。

気づいていながら黙認した。誉れ高き青龍王家の嫡子にもかかわらず、父が龍玉を持って生まれてこなかったからだ。

龍王家の当主には、龍玉を持って生まれたおのれこそがふさわしい。普段からそう主張して、叔父は父が祖父の跡を継ぐことに反対していた。賛同する家臣たちも多く、祖父の弑逆を図ったと濡れ衣を着せられても誰も味方になってくれなかった。

悔しかった。

なぜ無実の父が殺されなければならなかったのか。

なぜ母と弟まで命を取られなければならなかったのか。

龍玉を持って生まれなかったことが、それほどに罪なのだろうか。

『父上の仰せのままに——』

心に暗く渦巻く焔を燃やしながら、藍施は静かにうなずいた。

なぜなら藍施は知ってしまったからだ。

叔父の龍玉は偽物なのだと。

叔父もまた、龍玉を持たずに生まれてきたのだ。なのに龍王になるために兄を——

藍施の父を陥れた。

それでもなお、藍施の父を罪人と呼ぶ、卑怯な恥知らず——。

ならば藍施は、かならず上帝の寵愛を得て妃になってみせる。国母として君臨し、いつか父を殺したこの薄汚い男に復讐してやるのだ——。

「なんの用でしょうか」

声をかけられ、はっと我に返ると、藍施は藍宝石（サファイア）の青が美しく輝く蒼龍殿の庭先にいた。

そうだ、選秀女のために黄庭宮（こうてい）に上がったのだと、声のあった方へ視線を向ける。月影に紛れるようにそこに佇んでいたのは、思ったとおり藍施の侍女ではなかった。

「やっぱり来たのね」

彼女を見て、藍施は満足げに微笑んだ。

「そう警戒しないでいいわよ。訊きたいことがあっただけだから」

「訊きたいこと？」

くすくすと笑いをこぼす藍施に、相手は眉をひそめて訊き返した。

「白蓉（はくよう）様が失踪された晩のことよ。あなた、白虎殿に入っていったでしょう？　白蓉様になんの用だったのかしら」

「……」

「あんなにも上帝陛下の妃になることを望んでおられた白蓉様が、黄庭宮から脱走されるなんておかしいわよね？　もしかして、あなたが拉致したのかしら？　それとも殺したの？」

「……なにをおっしゃっているのかわかりません」

ようやくそう言葉を返した相手に、藍施は笑みを深めて続ける。

「あなたの主に命じられたの？　でも私、見えたのよ。あなた、服の下に黄色い玉を隠し持っているわよね？　それはなに？」

「それは……」

「ねえ、あなた。麒麟殿の巫女って知ってる？　今回の選秀女にはいないって聞いていたんだけど、まさかあなたがそうなのかしら？　だとしたら、そのことをあなたの主は知っているの？」

口を開きかけたところを遮って言うと、相手はふたたび黙りこんでしまう。

「そんなに警戒しなくても大丈夫と言っているでしょう？　だって、巫女は選秀女の進行役って聞いているもの。この選秀女を私に有利に進めてくれるのなら、あなたのことは悪いようにしないわ」

あの男へ復讐するためには、まずは御子を身籠って上帝の妃にならなければならない。

そのためには、上帝の寵愛を受けるだけでは駄目なのだ。邪魔な者はひとりひとり消していかねば。白龍王の庶子はすでに消えた。ならばあとは紅龍王の養女と、そして黒龍王の娘だけ——。

「よかったら、あなたもどうかしら？　これを飲めば、あなたももっと美しくなれるわよ」

藍施の手にあるのは、庶民であれば手にできないほど貴重な薬草をいくつも使った薬湯だ。それを相手にも勧めながら、頭の片隅で考える。

人を呪わば穴二つとは、よく言ったものだ。こうして汚れていく自分を、はたして殺された父母は望んでいたのだろうか。

迷いをすべて捨て去ることができないまま、藍施はふたつの碗に薬湯を注ぎ入れたのだった。

＊

朱瑛が目を覚ましたとき、上帝の姿はすでになかった。

それどころか窓からは明るい陽光が射しこんでおり、すでに日が高いことがわかる。

普段は寝起きのよい朱瑛は、めずらしいこともあると首を傾げた。

「……水、ここに置いていくぞ」

朱瑛が起きたことに気づいたのだろう。いつの間に部屋に入ってきたのか、仲祥が衝立の向こうに洗面用の盥と水差しを置く気配がする。

彼は朱瑛と顔を合わせようともせず、用が済むとさっさと部屋を出ていってしまう。

まだ寝ぼけているような気がした朱瑛は、とりあえず顔を洗ってから衣服を整え、寝所から出る。すると外で待機していたらしい蘇総監が、あいかわらずの無表情で頭を下げた。

「おはようございます、朱瑛様。上帝陛下は今朝、いたくご満足された様子でお帰りになりました」

「……まあ？」

意味が分からずに朱瑛は瞳を瞬かせた。いったいどういうことだろうかと。

前庭で待機していた仲祥とともに麒麟殿を後にしながら、朱瑛は物言わぬ彼の背中に訊ねた。

「ねえ、どうしてだと思います？」

「……なにがだ？」

思いのほかぶっきらぼうな声が返ってきたが、朱瑛はそれを疑問に感じる余裕もなく続けた。

「わたくし、昨夜は房中術を試すどころか、いつの間にか眠ってしまったんですの。なのに蘇総監は、上帝陛下は満足して帰ったとおっしゃるんですわ」

「はあ？」

ぴたりと立ち止まった仲祥が振り返った。

「……あんた、さすがに上帝の前で眠りこけるなんて、下手すれば首が飛ぶぞ」

「そうですわよね。ですからおかしいと思いませんか？」

「それはまあ、あんたが恥をかかないように気を遣ってくれたとか？」

「そうなんでしょうかね」

それも違う気がして、朱瑛は眉を寄せる。なにか靄に包まれたように、昨夜の記憶があいまいだった。

「まあ、とりあえず朱雀殿に戻ろうぜ」

いつの間にかいつもと同じ気安い口調に戻った仲祥が、彼女の肩を叩く。促されてふたたび朱雀殿へ歩きはじめた朱瑛だったが、ふと思い出して彼に告げる。

「そういえば麒麟殿のことですけど、蘇総監によると、以前は秀女ではなく巫女が入っていたらしいですわよ」

「巫女だって?」

昨夜聞いたことを話すと、仲祥は考えこんだ。

「……ていうことは、姉ちゃんは秀女じゃなくて、巫女として黄庭宮に上がったたってことか? 宮中から送られた姉ちゃんの装束は、秀女のものと同じに見えたんだが……」

姉が出立したときのことを思い出しているのだろう。仲祥が言葉少なに答えたときだった。

「きゃあああ!」

「……なに?」

突然の叫び声に、ふたりは足を止めて顔を見合わせた。

「誰か、誰か来てぇ!!」

助けを求める声に、どちらからともなく駆けだす。悲鳴が上がっていたのは、蒼龍殿だった。

「何事だ!?」

前庭から主殿の階を上がり、仲祥が訊ねる。

「藍施様が……藍施様が……」

そこに座りこんでいたのは、藍施付きの侍女だった。仲祥の声が聞こえているのかいないのか、ひどく動揺したように主の名前を叫びつづけている。

「困りましたわね」

いっこうに要領を得ない侍女から、朱瑛は彼女の指さした方へ視線を移そうとした。しかしなぜか仲祥がその前に割りこんでくる。

「見るな――」

「まあ、どいてくださいな」

朱瑛が押しのけた肩の向こうにまず見えたのは、花の刺繍をほどこした藍色の厚底沓だった。そこからわずかにめくれ上がった裾の銀糸の縁飾りへと視線を移し、そのまま横たわる身体の脇腹に縫いとられた青龍の爪までたどる。そして――。

「藍施様？」

その先にあったのは、カッと眼(まなこ)を見開いた藍施の顔だった。

「失礼いたします」

それから視線をそらせないでいると、騒ぎを聞きつけた宦官たちが朱瑛の脇を駆け抜けていく。

我に返った朱瑛は、そのあとを追って遺体を取り囲む彼らの間に割って入ろうとした。しかし「お近づきになりませぬよう」と宦官のひとりに呼び止められ、ポイと前庭に降ろされてしまう。

あきらめずにふたたび階を上がろうとした朱瑛だったが、しかし今度は恐慌状態の藍施の侍女につかみかかられ、がくがくと揺さぶられてしまう。

「私はなにも、なにもしていないんです！　だって昨夜藍施様は、疲れたから朝はゆっくりすると、部屋に入るなとおっしゃって……！　でも午餐の時間も近いのに起きてこられないからそっと覗いてみたら、こんなことに……！」

「いったい、なにが起きたんですの!?」

さすがに仲祥が止めようとしたとき、緇娟の声が割りこんだ。彼女も悲鳴を耳にして玄武殿から駆けつけたようである。

「藍施様が――」

緇娟は、殿内の様子を見てすぐに状況を理解したようである。

「亡くなられているの？」

「残念ながら」

宦官の回答に、緇娟は眉をひそめた。

「……藍施様が病気だったなどという話は、聞いていませんわ。それなのにこれほど急に亡くなるなんて――」

緇娟は言葉を切ると、射貫くような目で朱瑛を睨みつけた。

「あなたの仕業ではないの？　朱瑛殿」

「どういう意味ですの？」

朱瑛は驚いて訊ねた。

「一昨日お会いしたときには、藍施様はお元気でいらっしゃいましたわ。こんなに突然、しかもあれほどに苦しまれたお顔で亡くなるなんて、毒物しか考えられないではないですか！」

「そうだとしても、なぜわたくしが関係するのです？」

首を傾げる朱瑛を追いつめるように、緇娟はさらに言ってくる。

「あなたはこの黄庭宮に、妖しげな毒物をたくさん持ちこんでいるというではありませんか。それを藍施様に飲ませたのではなくて？」

「毒物だなんて。あれはみな煉丹術の材料ですわ」

たしかに丹砂や雄黄などは、そのまま服すれば死に至る劇物である。しかし完成した仙丹ならばともかく、それらを人に飲ませるなど、考えたこともない。

「そもそも、白蓉様のこともおかしいと思っていましたのよ。あれほど誇り高く上帝陛下の妃になることを望んでおられた方が、後宮から逃げ出すなんて」

そして緇娟は、キッと朱瑛を睨みつけた。

「あなたは白蓉様と何度か口論なさっていたではありませんか。言い負かされたのが悔しくて、彼女を害したのではなくて？」

「まあ……」

藍施だけでなく白蓉まで殺害したのではと疑われ、目を丸くした朱瑛はすぐに言葉が出なかった。

「なに言いやが——じゃなくて、朱瑛様は昨夜、上帝陛下のお召しを受けて麒麟殿にいらっしゃいました」

緇娟の言いように、朱瑛の代わりに腹を立てたのは仲祥だった。男言葉になりそうになるのを慌てて止(とど)めて反論する。

「毒物でしたら、なにも本人が直接手を下さなくても大丈夫でしょう？　あなた、昨夜はなにをしていましたの？」

「お……私ですか？」

自分に話が及んで、仲祥は口ごもった。

「侍女であれば、主がお召しを受けている間は寝所の隣室に控えているはずでしょう？　なのにあなたが麒麟殿の外でうろついていたのを、私は見ましたのよ」

「な――」

姉のことをいろいろと調べていたのだろうと朱瑛にはわかるが、緇娟にそれを話すわけにはいかない。仲祥が言葉を詰まらせたときだった。

「お静まりください」

口を挟んだのは、ようやく到着した蘇総監だった。彼は朱瑛たちの間に割りこむと、宦官たちに藍施の遺体に布をかけるよう淡々と指示する。人がひとり目の前で死んでいるというのに、あいかわらずその表情にはわずかな揺らぎもなかった。

「まだ事件と決まったわけではありません。緇娟様も軽はずみな発言はお控えください。白蓉様の件も、上屋敷にお戻りと申し上げたはずです」

「事件ではないですって？」

「そうです。侍女の話では、藍施様は、普段から肌の美しさを保つために鬱金（ウコン）を服されていたとのこと。部屋に碗が転がっていたようですので、おそらくそれを飲まれたあとに倒れられたのだと推察されます」

「鬱金ですって？　薬湯ではありませんか！　それでお亡くなりになるなんて、ありえませんわ！」

「宮医によりますと、鬱金は大量に摂取すると肝を疲弊させ、腹に水がたまって死に至ることもあるそうです」

「……では、本当に事故だと言うの？」

「……まずはご遺体を詳細に検め、事件なのか事故なのか判断させていただきます」

「でも、もし事件だったら？ はっきりするまで私に殺人鬼と一緒に過ごせということ？」

縕娟の刺すような視線が朱瑛に向けられる。

「ご心配でございましたら警備の者を増やしますゆえ、どうぞご心配なきよう」

「くっそう！ なんでこっちが犯人扱いされなきゃならないんだよ！」

朱雀殿に戻ってくるなり、仲祥はひどく苛立った様子で叫んだ。それでも怒りが収まらないのか、忙しなく部屋のなかを行ったり来たりする。

「だいたい、人がひとり死んだってのに、まだ選秀女を続けるつもりなのかよ!? いったん中止して、徹底的に調べるべきじゃないのか？」

しかし愚痴をこぼしつづける仲祥とはうらはらに、朱瑛は朱雀殿への帰り道からこちら一言も話さなかった。

いつもなら、訊ねてもいない煉丹術について、ずっと話しつづけている朱瑛にうんざりとしているのは仲祥のほうである。なのに彼女に無言でいられると、それはそれで居心地が悪い。

なにか考え事でもしているのだろうか。

ちらりと朱瑛に視線を向けた仲祥だったが、彼女は唐突に椅子から立ち上がると、飛汞炉(ひこうろ)と呼んでいた装置に火をつけ、なにやらはじめてしまう。

また煉丹術かと、苛立ちをあおられた仲祥は声を荒らげた。

「なあ、ってば!」

「……なにかおっしゃいましたか?」

よほど集中していたのだろう。仲祥の声にはじめて気づいたかのように朱瑛は顔を上げた。

「なにかおっしゃいましたかじゃねえだろ! あんた、殺人犯だって疑われてんだぞ!?」

「そのようですわね」

飛炁炉の火加減が気になるのか、朱瑛が抑揚のない声でうなずく。

「あんた……！」

「心配してくださらなくても、わたくしは大丈夫ですわ」

「っ、俺はべつに心配しているわけじゃ……！」

朱瑛と視線が絡み、仲祥があたふたしていると、彼女はぽつりと言った。

「少し考え事をしていただけですの」

「考え事だって？」

やはり藍施の死になにか感じることがあったのだろう。朱瑛にもまっとうな感覚があったのだと、仲祥は安堵(あんど)しかける。しかし――。

「さきほど藍施様の遺体の近くで、にんにくの匂いがした気がしまして……」

「は？　ニンニク？」

またもや突拍子もないことを言われ、仲祥は頬を引きつらせた。

「おおかた部屋のなかに昨日の夕メシでも残ってたんだろ！」

仲祥がおざなりに言うと、朱瑛は首を振った。

「昨夜も今朝も、そのように匂いの強い料理なんて出ませんでしたわ。もちろん藍施様がとくべつににんにくを好んでらして、たまたま召し上がっていたということも考えられますわ。ただ……」

「ただ?」

「鉱物のなかには、にんにくに似た匂いのものがあるんですの。たとえば、これですわ」

そういって朱瑛は、部屋の隅にあった錠前付きの櫃から布袋を取り出し、そのなかにあった黄色い鉱物を卓上にころんと転がす。仲祥が鼻を近づけると、わずかではあるがたしかににんにくのような匂いがする。

「雄黄という鉱物です」

朱瑛は、割れば断面からもっと強い匂いが出ると仲祥に説明した。

「雄黄って、……たしか煉丹術で重要な五石のひとつだったか?」

黄庭宮に入ったばかりのころ、朱瑛がそのように力説していた気がする。

「そうですわ。丹砂と同じように、火毒を取り除かなければ猛毒となりえる鉱物ですの」

「それをはやく言え! いま思いきり吸っちまったじゃねえか!」

仲祥が慌てて鼻をかもうとすると、その様子が面白かったのか「それくらいは大丈夫ですわよ」と朱瑛が笑った。

「それでわたくしさきほど、藍施様の遺体を確認しようとしたんですの。ですが宦官たちに阻まれてしまいまして——」

「……あんた、その雄黄……まさか減ってるなんてことはないだろうな」

「それはありませんわ」

腕で鼻と口を覆いながら訊ねる仲祥に、朱瑛は首を振る。たしかに保管されていた櫃には鍵がかけられており、厳重に管理されていたことがわかる。

しかし安堵しかけた仲祥に朱瑛は続けた。

「ですが、もし藍施様が雄黄で殺されていても、わたくしが盛ったと言われれば否定できませんわ。鉱物にわたくしの名前が書いてあるわけではありませんもの」

「それって……」

緇媚の言葉を思い出し、仲祥はぞっとした。

『あなたはこの黄庭宮に、妖しげな毒物をたくさん持ちこんでいるというではありませんか。それを藍施様に飲ませたのではなくて？』

朱瑛が犯人でなくとも、この状況では濡れ衣を着せられる可能性があるということだ。

困ったとばかりに、頰に手を当てた朱瑛がため息をつく。

「わたくしのせいにされたら困りますわね。牢に入れられてしまったら、煉丹術ができなくなりますもの」

「あんたにはそれしか――」

しかしいつものように仲祥がつっこもうとしたところで、朱瑛が続ける。

「ですがそれ以上に、もし本当に雄黄で藍施様を殺したのだとしたら、許せませんわね。崇高な煉丹術の材料を、人を殺めることに使うなんて」

これまで聞いたことのないような、冷たい声だった。はっとして彼女の顔を見た仲祥は、その冷淡な表情に、思わず後ずさる。どうやら煉丹術に人生を賭けている朱瑛にとって、それはなによりも許せないことのようだ。

「では参りましょうか」

あまりに普段と違う朱瑛の様子に話しかけられないでいるうちに、いつの間にか作業は終わったらしい。飛汞炉の火を落とすと、彼女は言った。

「参るって、どこにだ？」

「もう一度、藍施様のところです」

「……なにをしに？」

「遺体の匂いを嗅ぎに」

「は？」

仲祥は目を点にした。

「さきほど、雄黄にはにんにくに似た特有の匂いがあるとお話ししたではありませんか」

「いやいやいや！　ちょっと待て！」

死体に鼻を寄せている姿を想像したのか、仲祥は顔を引きつらせた。

「嫌ならついて来なくていいですわ」

そう言うと朱瑛は、ひとりでさっさと歩きだしてしまう。ひとりでは行かせられるはずもなく、仲祥も慌てて後を追った。

「だ、だけどそう簡単に、遺体を調べさせてくれるとはかぎらないぞ？」

「遺体はまだ蒼龍殿に安置されているはずですわよね。香華を供えるとお話しして、棺（ひつぎ）のなかを検めさせていただきましょう」

「……わかったよ」

朱瑛が言いだしたら引かない性格だということは、すでにわかっている。仲祥はしぶしぶといった様子でうなずいた。

しかし静まりかえった蒼龍殿に到着した朱瑛たちが取り次ぎを頼もうにも、殿内に侍女の姿は見えなかった。

「ちょうどいいかもしれませんね」

出払っているのか宦官もおらず、好都合とばかりに朱瑛は勝手に主殿の階を上がりはじめる。いまのうちに遺体を調べてしまおうというわけだ。

しかし室内へ足を踏み入れようとしたときだった。

「なにかご用ですか？」

「うわっ！」

突然背後からかけられた声に、仲祥は飛び上がった。朱瑛をかばうようにして振返ると、立っていたのは蘇総監だった。

「ごきげんよう、蘇総監」

気配がまったくなかったことに驚く仲祥をよそに、朱瑛がおっとりと挨拶する。

「藍施様に最後のお別れを申し上げたくてお邪魔したのですわ。ですが誰もいなくて困っていたのです」

朱瑛がうそぶくと、蘇総監はあいかわらず感情を窺わせない声で答えた。

「藍施様のご遺体は、すでにご実家である青龍王様のお屋敷に向けて出立なさいました」

「……まあ、ずいぶん急ですのね。では侍女の方は？」

「遺体とともに後宮を発ちました」

「つまり彼女も、もうここには戻ってこないということですの？」

「主が不在となれば、仕える侍女は不要でございますから」

蘇総監は淡々と答えた。

「それは……」

「では、白蓉様の侍女も？」

言葉を挟もうとした仲祥を止めて、朱瑛は重ねて訊ねた。

「そうです」

「そうでしたか。お手数をおかけしましたわ」

うなずいた蘇総監に、朱瑛はにっこりと笑みを浮かべた。

そして仲祥の袖を引いて階を下りる。しかし蒼龍殿を後にしようとしたところで、蘇総監がふたたび声をかけてくる。

「ああ、それから朱瑛様」

「はい？」

「およろこびください。今宵も朱瑛様に上帝陛下のお召しがございます」

藍施が死んだにもかかわらず、上帝は黄庭宮へとやって来るらしい。そのことに仲祥があきれていると、朱瑛は長い睫毛を伏せて言った。

「申し訳ありません。藍施様がお亡くなりになったのが哀しくて気分が優れませんの。今宵は緇娟様にお任せできませんでしょうか」

そう告げると朱瑛は、相手に反論する隙を与えずに踵を返した。

「おい、このまま帰っていいのかよ？　あいつの言ってること、なんかおかしいぞ」

蒼龍殿の正門をくぐりぬける間中、殿内からこちらをじっと見つめている蘇総監の気配を感じとった仲祥が言う。

「あんたもあれからずっと朱雀殿にいたからわかるだろ？　隧道に向かった者なんてひとりもいなかったって。棺を運ぶとなれば人手も必要なのに」

もしほかの出入口があるとしても、大人数で動けばもっと目立つはずだ。

「――仲祥、こうは考えられませんか？」

仲祥の問いには答えず、朱瑛は訊ねた。

「白蓉様が、もし後宮から抜け出したのではないとしたら？」

「抜け出したのではない？」

藍施ではなく白蓉のことに話が飛び、仲祥は眉をひそめた。

「やはり款冬殿の言うとおり、女性はこの黄庭宮から出られないのです」

「どういうことだ？」

「みなさま、この黄庭宮から出ていないのです。白蓉様も、藍施様も、そして侍女たちも――。生きているのであれ、死んでいるのであれ」

彼女たちだけではない。前回の選秀女で黄庭宮に来て流行病で亡くなったという仲祥の姉も、ほかの秀女たちもみな――。

「だけど、だとしたらみんなどこに……。それになんのためにそんな――」

「わかりませんわ。でもとりあえず、夜を待って蒼龍殿に忍びこみましょう。藍施様の遺体があるか確認しなくては」

「――って、あんた。そのために上帝のお召しを断ったのかよ？」

「残念ですが、房中術はまた今度試すことにしますわ」

朱瑛は房中術に未練を見せながら、そう肩をすくめたのだった。

第五章　正しい帝玉の作り方

「なんだか慣れていますのね」

その夜、日暮れを待って仲祥（ちゅうしょう）とともに朱雀殿を発（た）った朱瑛（しゅえい）は、仲祥に蒼龍殿を取り囲む宮墻（きゅうしょう）の上に引き上げてもらいながら感心した。

わずかな足掛かりを利用して、壁をよじ登っただけではない。地面に飛び降りるのも、なかなか堂に入っている。なんというか、全体的に身が軽いのである。

「むかし、一座の軽業師にいろいろ教えてもらった話をしただろ？」

「そういえば、そんなことをおっしゃってましたわね」

主殿の裏側から殿内に侵入した朱瑛は、陰に身をひそめて移動しながらうなずいた。

どうやら彼も、姉の消息を探るためにいろいろと苦労してきたようである。

そう思っていると、ふいに仲祥が彼女の腕を引き、壁際へ身を寄せた。

主殿の庭先に、提灯の明かりを見つけたからだ。

「なんだか人数が多くありませんか？」

普段であれば、それぞれの殿宇に配属されている宦官はほんの数人だ。しかし前庭に集まった提灯を数えると、軽く十人は超えている。

「これじゃあ、なかに入るのは難しいぞ」

引き返すか、それとも彼らがいなくなるのを待つか。ためらっているうちにも提灯の数はひとつ、ふたつと増えていき、やがて殿宇から正門まで一直線に並んだ。

常とは違う彼らの様子に朱瑛が目を凝らしていると、蘇総監を先頭にした宦官たちが、棺と思しきものを担いで無言で階を下りてくる。

藍施の遺体を運び出しているのだろう。やはり彼女は、まだ蒼龍殿に安置されていたのだ。

「どこへ行くんだ？」

仲祥が、訝しげにつぶやいた。蒼龍殿から出ていった一行が隧道へ向かう気配がないからだ。

「この先にあるのは――」

「井戸ですわね」

そんなところになんの用があるのか。しかもこんな時分に――。

林のなかの小径を歩きだした彼らの後ろ姿に、朱瑛と仲祥は顔を見合わせた。

「とりあえず後をつけましょう」

しかしうなずいた仲祥とともに、朱瑛が歩きだそうとしたときだった。突如前栽の陰から伸びてきた手が、ふたりの腕をつかんでなかへと引きずりこんだ。

「痛って――」

どこかにぶつけたのか、うめき声を上げた仲祥の口元を押さえた人物に、朱瑛は見覚えがあった。

「……まあ。あなた、款冬殿ではありませんか」

石灯籠のわずかな明かりに照らされた顔は、朱瑛が隧道で迷ったときに助けてくれた宦官のものだった。

驚くふたりに、款冬は蘇総監たちを指さして静かにするよう合図してくる。どうやら彼も、宦官たちの行動を見張っているようだ。

「なぜあなたが、蘇総監たちを探っているんですの？」

「私は上帝陛下の宦官だと言っただろう？　皇太后配下の蘇総監たち――黄庭宮の宦官とは違うよ」

「ではなぜ上帝陛下が、蘇総監たちを探っているのです？」

朱瑛が食いさがると、款冬は苦笑した。

「ここで君に会えたのはうれしいけれどね。その話はあとにして、蘇総監たちがなにをするのか見せてくれないか？　そのために私は黄庭宮に来たんだ」

そう言うと款冬は蘇総監たち一行へ視線を戻してしまう。いまはなんの説明もする気がないとばかりに。

仕方なく朱瑛も宦官たちの様子をうかがうと、やはり彼らは井戸に向かっているのだろう。木々に遮られて月明かりさえまばらな道を、彼らが提灯を手に粛々と歩いていくのが見える。

「まるで葬列のようですわね」

朱瑛がつぶやいているうちにも、井戸へと到着した彼らはそこで棺を下ろした。そして蓋を開けると、数人がかりで藍施の遺体を外へ出す。物言わぬ彼女の目はいまも開かれたままで、まるで虚空に浮かぶなにかを見据えているかのようである。

「おい……どういうことだ？」

仲祥が息を呑むとともに、朱瑛も目を丸くした。次の瞬間、宦官たちがためらいもなく藍施の遺体を井戸へと落としたからだ。

「……あいつら、なにやってるんだよ」

仮にも龍王家の姫が死んだというのに、その遺体を実家に戻すのでも墓に埋葬するのでもなく、井戸へと投げ捨てるなんて。

「もしかして、いままでもずっとこうして遺体を〝処理〟してきたってことか……？」

呆然とつぶやく仲祥に朱瑛もうなずいた。

「そうだとしたら、白蓉様が黄庭宮を出たことにしても、わたくしたちにわかるはずがありませんわ」

――秀女が黄庭宮から出られないとするならば、白蓉をはじめとするこれまでの秀女たちはどこに消えたのか。

生きているにしろ死んでいるにしろ、わからなかったその答えを目の当たりにして、朱瑛は眉をひそめる。そういえば、あの井戸に近づくのを蘇総監はひどく警戒していたと。

「まさか姉ちゃんも、あのなかに落とされたんじゃないだろうな……」

遺骨さえ返してもらえなかった姉を思い出しているのだろう。唇を噛みしめた仲祥に、蘇総監たちの様子をじっと見つめていた款冬が振り返った。

「姉ちゃんって――、君の姉は黄庭宮にいたことがあるのかい？」

「それは――」

款冬の問いに、仲祥はなぜか答えるのをためらった。歯切れの悪い仲祥の代わりに、朱瑛が言った。

「仲祥のお姉様は、前回の選秀女で黄庭宮に上がられたようですの。ですが秀女ではなく、麒麟殿の巫女という存在だったようですわ」

「麒麟殿？　巫女だって？」

款冬は朱瑛の説明に目を丸くしたが、次の瞬間「なるほど、そういうことか」と納得したようにうなずき、仲祥の全身を眺め見た。その眼差しに、仲祥が警戒したように款冬を睨みつける。

「なんだよ？」

「いや、会ったときからそうかもしれないなとは思っていたんだ。ただ朱瑛のように、龍王家から遠く離れた家系に、突然血の濃い子供が生まれる可能性もないわけじゃないから、確信が持てなかっただけで」

ちらりと朱瑛に視線を向けながら答えた款冬に、仲祥ははっとする。

「まさか、あのとき俺が男かどうか確認したのは、そのためか……？」

「そうだよ。宦官ならばともかく、男が黄庭宮にいるなんて、本来であれば考えられないからね」

「……ええと、さきほどからわたくしだけ話の内容がよくわからないのですが」

ぴりぴりとした雰囲気の仲祥とはうらはらに、朱瑛がのんびりとした口調で訊ねると、款冬が苦笑した。

「隧道の出入口には、警備と称した見張りの宦官がひとりもいなかっただろう？　それは黄庭宮から女性が出られないように、男は黄庭宮に入れないことがわかっているからさ。途中で同じように迷ってしまう。自由に行き来ができるのは、どちらにも属さない宦官だけだ」

「宦官だけと言われましても、こうして仲祥は黄庭宮のなかにいるではありませんか」

おかしなことを言うと朱瑛は笑った。女装していても、生別が変わるわけではないのにと。

「男子禁制であっても、例外はある。そもそも上帝が黄庭宮に入れなければ、選秀女の意味がないだろう？　つまり、帝玉を持っている男なら出入りは自由というわけだ」

「帝玉……？」

「もしくはそれに準じた男、だね」

帝玉とは、帝室における龍玉のことだ。龍の末裔が持って生まれるとされている龍玉のなかでも、もっとも貴いとされている。

「男なのに、男子禁制であるはずの黄庭宮に入れる者。加えて姉が、皇女しかなれないはずの麒麟殿の巫女に立っている。それほどに、帝室の血を強く引いている者なんて、私はひとりしか思いつかないよ」

ここ何代も帝室は、玉のあるなしにかかわらず子供が生まれにくいからね。そう告げる款冬に、朱瑛は首を傾げた。

「皇女しかなれない？」

「そう。麒麟殿の巫女は、基本的に帝室の娘しかなれない。皇女がいない場合は、できるだけ血の近い者から託宣で選ばれる。たしかに前回の選秀女では、配流された親王の娘が巫女に立ったと私は聞いている」

「ということは……」

款冬の話に、朱瑛は目を瞬かせながら仲祥を見た。

「二十年くらい前に、謀反の疑いで先々帝の甥が配流されたはず。君は彼の息子、簾茨だね？」

「……言っておくが、親父(おやじ)は冤罪だぞ」

わずかな間のあと仲祥が口にしたのは、肯定と同義の言葉だった。

「まあ予想はできるよ。昔から、権力争いに負けて流される皇族なんてめずらしくもないからね」

「まあ、仲祥ったら。女っぽいから嫌だと本名を教えてくださらなかったのに、そこまで気にするようなお名前ではありませんの」

簾茨とは、木香薔薇(もっこうばら)のことだ。上帝の名である棣棠(ていとう)も山吹の別名であるし、帝室には花や植物の名をつける習慣があるのだろう。

「……気にするべきところはそこなのか？」

のん気に考えている様子の朱瑛にあきれたような眼差しを送ると、彼はため息とともに髪を掻きあげた。

「あんたに、どこまで話していいかわからなかったからだよ」

本名を告げれば、そこから自分の出自が知られてしまう危険がある。会ったばかりの、しかも煉丹術が趣味だと豪語する変人に話すには、いろいろ重たい名前なのだ。

「なあ。巫女ってそもそもなんなのか、あんたは知っているのか？　蘇総監は、選秀女を取り仕切る立場だと言っていたらしいが」

「似たようなものだよ、秀女と。まさか上帝の近親者を、妃にするわけにもいかないからね」

款冬は苦笑しながら言った。

「だけど君の姉みたいに、少し離れた血筋から巫女が立つこともある。その場合は、麒麟殿の巫女から妃や皇后に上がっても問題はない。たしか半世紀前の選秀女で妃になった皇太后も、そうだったはずだよ」

「つまり、呼び方がどうであれ、実質は秀女と同じなんだな」

わかってはいても、頭のどこかでは姉が生きていることをあきらめきれなかったのだろう。やるせない表情で仲祥が、姉が投げ入れられたのかもしれない井戸へと視線を転じた。そのときだった。

「なんだ、あれ？」

仲祥の上げた怪訝な声に、朱瑛も井戸を振り返る。そして「まあ……」と目を丸くした。井戸のなかから、大人の親指くらいの珠が浮かんでくるのが見えたからだ。

「坤寧殿で皇太后様にいただいた、秀女の証という宝玉……でしょうか」

朱瑛は自分の髪から垂れる流蘇の紅玉に触れながらつぶやいた。

しかし月明かりのほかには提灯しかない薄闇のなか、それが淡い光をまとっているように見えて、朱瑛は首を傾げる。

「……まさか、亜玉か？」

「亜玉？」

恭しい態度でその珠を手にした蘇総監を眺めていた朱瑛は、款冬のつぶやきに眉根を寄せた。はじめて耳にする言葉だったからだ。

「……ここで話していると見つかる。まずは朱雀殿に戻ろう」

しかし款冬は、夜目にも青ざめた表情でそれだけ告げると、さっと踵を返したのだった。

「なんだったんだ、あれ……？」

朱雀殿の煉丹部屋に戻るなり、緊張が解けたらしい仲祥がどかりと長椅子に腰を下ろした。ずっと息をひそめていた反動か、心なしか声も大きくなっている。

「なんだか不思議な光景でしたわね」

朱瑛も同意した。暗闇のなかに浮かんで光り輝く珠はどこまでも幻想的で、あれは夢だったのではないかとさえ思ってしまう。

「藍施様の遺体を確認させていただこうと思っただけですのに、あのようなものを見ることになるなんて」

すると款冬が怪訝な表情を浮かべた。

「遺体を確認？　どうしてまたそんなことを――」

「匂いを嗅ぎたかったんですわ」

朱瑛があっけらかんと答えると、彼はさすがに鼻白んだ。

「……どういう性癖なんだい？」

「失礼ですわね。誰がわたくしの趣味嗜好の話をしているのです。雄黄などの毒物には、にんにくに似た特有の匂いがあるので、藍施様が殺されたのなら、そういった痕跡があるかと思ったのです」

「ああ、そういうことか……」

款冬はほっとしたように肩の力を抜いた。

「匂いは嗅げませんでしたが、やはり藍施様が殺されたのは間違いないようですわね。まさか蘇総監の仕業とは思いませんでしたが」

そういえば、緇娟が毒殺じゃないかと疑ったときも、事故だと言っていたのは蘇総監である。選秀女を取り仕切るはずの宦官が秀女を殺すなんて、いったいどういうことなのだろう。

朱瑛は、言葉少なになにやら考えこんでいる款冬へちらりと視線を向けた。彼が口にした亜玉といい、わからないことばかりである。

「いったい、選秀女とはなんなんですの？」

「なぜ私に訊くのかな？」

朱瑛の問いに、うつむいていた款冬が驚いたように顔を上げる。

「だって、あなたはあの珠がなにかわかっているのでしょう？　そうですわよね、上帝陛下」

「はあ？」

なにを言っているのかと、仲祥が朱瑛を見たが、彼女は款冬から視線をそらさずに

「そうなんでしょう？」と念を押す。

「……どうしてそう思うんだい？」

「だって、そもそもあなた、宦官ではありませんわよね？　蘇総監たちとは、雰囲気がまったく違いますもの。宦官以外で隧道を自由に行き来ができるのは、帝室の血を引く殿方のみ。そうおっしゃったのは、あなたではありませんか。それに――」

「それに？」

　矢継ぎ早に告げる朱瑛を否定することなく款冬は続きを促した。

「それに上帝陛下のお名前は棣棠様だと聞いています。棣棠も款冬も、同じ山吹の別名ですわよね」

　そう言った朱瑛と款冬の眼差しが絡む。やがて款冬は、じっと見据えてくる朱瑛から視線をそらして苦笑した。

「——やっぱり君は蜃が効きにくいんだね」

「蜃？」

　その言葉に反応したのは仲祥だった。信じられないとばかりにまじまじと款冬を見つめるが、朱瑛は意味がわからず眉根を寄せる。

「どういう意味ですの？」

「それに、よく知っていたね。款冬なんて、一部の地域でしか使われてない名称なのに」

　感心するような款冬の言葉にようやく答えを得て、朱瑛はうなずいた。昨日彼女が麒麟殿で会った者は、いわば替え玉なのだろう。

「では上帝陛下、お訊ねしますわ——」

「これまでどおり、款冬と呼んでくれていいよ」

普段の調子を取り戻した様子で、彼は茶化すように言う。しかし朱瑛は、それを無視して真顔で訊ねる。

「選秀女とは、いったいなんなんですの？　ただの妃選びではないのでしょう？」

「……選秀女とは、帝玉を生みだすからくりなんだそうだ」

おっとりとした口調ながら斬りこむように訊ねる朱瑛に、款冬は肩をすくめて答えた。そしてこの黄庭宮は、そのための装置なのだと――。

「からくり、ですの？」

「そう。龍玉を持つ子供が生まれないのは、四海龍王家だけじゃない。帝室も同じだからね」

款冬はそう言うと、朱瑛が腰に佩(は)いた龍玉を見つめた。

「そもそも選秀女のはじまりは、帝玉を持つ子供が生まれにくくなった三百年ほど前にさかのぼると聞いている。このままではいずれ玉のない者が帝位に就くことになると憂いた時の皇太后が、作りだした仕組みなのだと」

「帝室でも、玉を持つ子供が生まれにくいだって？　まさかそんな……」

仲祥が信じられないとばかりに目を丸くした。

「ああ。だが上帝がこの黄庭宮にいる秀女のもとに通うと、やがて帝玉を持つ御子が生まれると言われている」

「じゃあ、さっきのあれが帝玉なのか？」

藍施の遺体を投げ入れた井戸から浮かんでいた、青い珠――。それを思い出して仲祥は訊ねたが、款冬は首を振った。

「いや、違うはずだ。たぶんあれは、亜玉と呼ばれるもの」

「款冬殿は、井戸でもそのようにおっしゃってましたわよね？　亜玉とはなんですの？」

「亜玉とは、龍玉に準じるもの。龍族の命の結晶と言われている――」

「命の結晶……ですの？」

「私も詳しいことはわからない。ただそれがあれば龍玉を持っていなくても、強い龍の力が使えるようになるらしい」

仲祥が考えこむようにしてつぶやいた。

「命の結晶ってことは、命と引き換えに作られるってことか？　たしかにあの珠は、藍施の遺体を放りこんだ井戸から出てきたけど……」

その意味を想像し、仲祥が眉をひそめる。款冬は彼と朱瑛の顔を見くらべ、言い聞かせるようにゆっくりと続ける。

「私が知っていることはふたつだ。選秀女が帝玉を生みだすからくりだと言われてきたこと。そして妃にならなかった秀女たちで、黄庭宮から出てきた者はひとりもいないこと。だからたぶん、妃にならない秀女たちは、みなああして亜玉を作る人柱にされるんだろう」

「人柱……」

物騒な言葉に、朱瑛と仲祥は息を呑んで顔を見合わせた。

「たぶんって……、あんた上帝なんだろ？　どうしてそんなにあいまいなんだよ」

「仕方がないじゃないか。選秀女は代々皇太后と皇后によって執り行われていて、上帝といえども関与できないんだから」

「はあ？　毎晩とっかえひっかえ秀女たちを召しだしといて、知らないだって？」

仲祥はあきれたように款冬を睨みつけた。

「召しだすことはできても、それ以外はなにもできない。だけど気に入った秀女のもとに通いつづければ、そのうちに身籠って妃にできるわけだから、代々の上帝は疑問に思う必要もなかったんだろう」

「……つまり帝玉を持つ子供を誕生させるために、秀女たちは、妃ひとりを残してみんな殺されるってわけだな？」

仲祥がぞっとした表情を浮かべると、「そういうことなんだろうね」と款冬はうなずいた。そして亜玉にされているのは龍の血を濃く引いている秀女だけで、侍女たちはたんに口封じのために消されているのだろうと。

「冗談ではありませんわ。なぜわたくしが人柱にならなければならないんですの？」

朱瑛は思いきり顔をしかめた。

「それにそれでいくと、俺も口封じに殺されるってことだよな？」

「仲祥はいいではありませんか。逃げようと思えば、いつでも隧道から逃げられるのですから！　ですけれど、わたくしはそうはいきませんのよ。不老不死の霊薬ひとつ作れないうちに死ぬなんて、ぜったいに嫌ですわよ？」

「ああもう、あんたって女は……」

首尾一貫している朱瑛に、仲祥はもはやなにも言うことができない。

「だいたいはじめから紅龍王様には、おかしいと思っていたんですのよ。妹君がいるというのに、わざわざ傍流の傍流であるわたくしを秀女にするなんて。結局約束した丹砂（たんさ）も送ってくださいませんし」

それまでたまっていたらしい怒りを覗かせる朱瑛とはうらはらに、款冬は落ち着いた声で指摘する。

「君が選秀女に送りこまれたのは、おそらくその龍玉のせいだよ。紅龍王が玉のある君を邪魔に思ったんだろうね」

「……どういう意味ですの？」

「龍王である自分が持っていないからさ。それどころか、いまの紅龍王家には誰もいないんじゃないかな。持っていれば、かならず龍王に押し上げられるはずだから」

「紅龍王様が、龍玉を持っていない？」

まさかと思って朱瑛は瞳を瞬かせた。では彼が腰から下げていたのは、偽物ということか。

「そんな状況で、一族とも呼べない遠い傍流に玉持ちの子がいたら、そりゃあ目障りだろうね。万一自分のものが偽物と公になったら、君を紅龍王へと推す声が出てくるかもしれない。そうなる前に、処分してしまおうという腹だったんじゃないかな」

「……それが本当なら、これ以上ないほど迷惑な話だな」

さすがに仲祥も、朱瑛に同情した。

「理解不能ですわ。龍玉なんて、そんなたいそうなものでもありませんのに」

みずからの龍玉をぞんざいにつまみあげながら、朱瑛がうんざりとした口調でつぶやく。

すると款冬が、一瞬虚を衝かれたように朱瑛を見つめ、急に笑いだした。

「なんですの？」

「いや……。誰もが君のように考えてくれればいいのにと思ってね」

それまでの款冬とは違う冷笑的な口調が気になり、朱瑛は「他人事のようにおっしゃってますけれど――」と、まるで汚れたものを見るかのような目で彼を眺めた。

「あなただって、選秀女がはじまれば、秀女たちが殺されるのはわかっていたんですのよね？　止めることも、忠告することもしなかったのは、この黄庭宮でなにが起きるかを知りたかったためではありませんの？」

『いまは蘇総監たちがなにをするのか見せてくれないか？　そのために私は黄庭宮に来たんだ』

井戸に向かう蘇総監たちを前に、款冬はたしかにそう口にした。だとしたら自分の矜持のために朱瑛を消そうとした紅龍王と、彼のなにが違うというのだろう。

「否定はしないよ。だけどどうにかしたいとは思っている。だからこうして忍びこんで調べてるんじゃないか」

「よくもぬけぬけとそんなことが言えますわね」

飄々（ひょうひょう）とした口調もあいまって、ちっとも彼を信じる気になどなれない。自分もいつ殺されていたかわからないとなれば、なおさらだ。

「仕方がないじゃないか。半世紀にわたって宮中に君臨してきた皇太后の力は絶大なんだ。上帝と呼ばれていても、私にそう自由があるわけではないんだよ」

「皇太后様？」

そういえば、さきほど選秀女を取り仕切っているのは代々の皇太后と言っていた。そもそもこの仕組みを作ったのも、時の皇太后なのだとも——。

朱瑛は坤寧殿で目にした女性を思い浮かべる。面紗をしていたため容貌はわからないものの、声が若々しかったことだけは覚えている。

「では、白蓉様や藍施様を殺したのは、蘇総監というよりも皇太后様ということですの？」

「おそらくね。だけど彼女の目的は帝玉じゃないと思う」

「なぜそう言いきれますの？」

「ここ半世紀ほど、選秀女でも帝玉を持つ子が生まれていないからさ。それどころか、選秀女で妃になった者——つまり黄庭宮から出てきた秀女さえひとりもいない」

「……半世紀——つまり皇太后が、麒麟殿の巫女から妃に選ばれて以来ということか？」

姉のことを思い出しているのだろう。怒りをにじませた声で仲祥が訊ねると、款冬はうなずいた。

「彼女は私の嫡母として皇太后の地位にいるけれど、私は彼女の子ではない。というか、彼女には子を産んだ形跡がないんだ。流れたのか、それとも生後すぐ死んだのかはわからないけどね」

「もし帝玉のためでないとするなら、いったい皇太后様はなんのためにこのようなことを？」

「わからない。だがいずれにしても、このままでは君も緇娟も命を奪われることになるだろう」

「殺されて玉にされるのなんてまっぴらですわよ。どうにかして、この黄庭宮から出ませんと」

「やっぱり壁を越えるしかないんじゃないのか？」

広いといっても所詮は皇宮のなかだ。取り囲んでいる宮墻(きゅうしょう)さえ越えれば、黄庭宮からは出られるはずだ。

しかし朱瑛は首を振った。

「それはおそらく無理ですわ」

「どうしてだ？」

仲祥の問いに、朱瑛は「これを見てくださいな」と抽斗(ひきだし)から手のひらより少し大きな盤を取り出した。

「これは司南と呼ばれるものですわ。本来であれば、方角を教えてくれるものですの」

五石のひとつである慈石(じせき)――つまり磁石を使った装置で、盤の上に置いた柄杓によって南を示させる装置だという。しかし朱瑛が柄杓を置いても、それはぐるぐるとまわるだけで、いつまで経っても動きを止めない。

「壊れてるのか？」

怪訝な表情を浮かべる仲祥に、朱瑛は首を振る。

「いいえ、そんなはずはありません。司南が南を指さないのは、この黄庭宮の方角が惑わされているからですわ。宮墻を越えようにも、おそらく隧道と同じようにそこまでたどり着けないのではないでしょうか」

「つまり、黄庭宮にかけられた術自体を解かなければ、君はなにをしたとしてもここから出られないということだね」

款冬が感情の見えない口調でつぶやくと、仲祥が頭を掻きながら言った。

「……なあ。だったら緇媚にもとりあえず、事情を話してやったほうがいいんじゃないか？　放っておくわけにもいかないだろう」

その気になればいつでも隧道から逃げられるはずなのに、仲祥はひとりで脱出するつもりはないらしい。人がいいと思いながら朱瑛が視線を向けると、彼はぶっきらぼうながら迷いのない口調で告げる。

「姉ちゃんが選秀女のせいで殺されたのなら、このまま放っておけるかよ」

怒りのやり場がないのだろう。仲祥はそう言うと、ぐっと手のひらを握りしめたのだった。

＊

「あれ、上様？　今日はずいぶんはやいお戻りですねー」

三人でひそかに麒麟殿の寝所に入りこむと、奥の長椅子にひどくくつろいだ様子で寝そべっていた男が彼らを出迎えた。

「って、おまえ――!!」

しかし彼ののんびりとした口調は、款冬の背後から現れた朱瑛を目にしたとたん激変した。

「昨日の痴女！」

　警戒するその顔は、たしかに昨夜朱瑛が対面した「上帝陛下」である。おそらく房中術を試そうとした彼女に襲われかけたことを思い出したのだろう。ぎょっとしたように叫んで壁際に後ずさる。

「縹月だよ。私が黄庭宮を調べている間、身代わりになってもらっている」

　しかし宦官なので、当然秀女たちの相手ができるわけではない。そのため彼は、召しだした秀女たちを毎回款冬の蜃術で眠らせていたらしい。朱瑛のときは、突然襲われたために間にあわず、気絶させて、あとから眠りつづけるよう術を施したという。

「つまり、款冬殿と日が暮れたあとにしかお会いしたことがないのは、彼と入れ替わる必要があったからなのですね」

　朱瑛は腑に落ちた。款冬は上帝として黄庭宮に入ったあとに麒麟殿を抜け出し、いろいろ調べていたのだろう。

「上様、なぜこの女といるんです!?　噂に違わず、本当に危険人物ですよ!?　なにをしでかすかわからない女です!!」

　縹月が朱瑛を指さしながら、狼狽して叫ぶ。

「素直ではありませんわね。本当はあなただって、わたくしと房中術を試したいとお思いのくせに。まさかわたくしが忘れていった指南書を熟読してくださっているなんて」

彼の手にある見覚えのある装丁に、朱瑛は「今日はお召しをお断りしてしまって申し訳ありませんでしたわ」と笑みを深める。

こっそりと読んでいたつもりなのだろう。朱瑛の言葉にはっとした縹月は「わあああ！」と手にしていた書物を壁に放った。

「いや、待て。宦官が房中術は無理だろう……」

「まあ、仲祥といいあなたといい、書物を乱暴に扱うなんていけませんわね。いくらお年頃でも困りますわ」

ぼそりとした仲祥のつぶやきは聞こえなかったのか、朱瑛は床に落ちた内丹の指南書を拾いあげ、ため息をこぼす。

「違う！　おまえを呼んだのは上様が……！」

「私が宦官じゃないと気づいたのもそうだけど、縹月に気絶させられたことも覚えているんだろう？　やっぱり君は蠱が効きにくいようだね」

声を上ずらせる縹月をいなして、款冬が言った。

「そういえば俺の蜃も簡単に見破られたな。女装がバレないようにしていたのに――」

「自分ではよくわかりませんが、そうなんでしょうか」

「普通は自分が見たいように夢を見るんですよ！　あのお姫さんも、たぶん僕とねんごろになった夢を見ているはずです」

縹月が奥の寝台に横たわる緇媚を顎でしゃくってみせた。

「緇媚様。起きてくださいな」

「ん――」

朱瑛が肩を揺さぶると、緇媚はゆっくりと目を覚ました。

しかし次の瞬間彼女は、眼の前にいる朱瑛に驚いたように飛び起き、壁際に寄ってあたりを見まわした。

「なんであなたがここにいるの？　ここは上帝陛下の寝所ですわよ！」

「緇媚様にお話があるからですわ」

「あなたと話すことなんてないわよ！　上帝陛下、この無礼者を追い出してくださいませ！　この女は殺人鬼ですわ」

緇媚はそう言って縹月にすがりつこうとする。しかしその手はあっさり振り払われた。

「あー、すみません。僕、本当は上帝陛下じゃないんですよね」

「は?」

朱瑛以外には、調子を狂わされることもないらしい。意味が理解できないとばかりに目を見開く緇媚に、あっけらかんとした縹月がさらに言う。

「ただの替え玉です。ちなみに宦官です。なんで、僕に媚(こび)を売ってもなんにもならないんですー」

言葉も出ないらしい緇媚は、目を白黒させる。状況がまったく理解できないのだろう。

「緇媚様。このままここにいたら、わたくしたちは殺されてしまうようですわ。どうにかしてこの黄庭宮から脱出しませんと」

そう言って朱瑛は、これまでにわかった選秀女の裏事情を説明する。しかし緇媚は鼻で笑った。

「あなたの言うことなんて信じられませんわ。藍施様はあなたが殺したんでしょう?言うに事欠いて蘇総監が殺したなどと世迷言(よまいごと)を言うなんて」

「わたくしが雄黄で人を殺すことなどありえませんわ。そんなもったいないことには使いませんもの」

「……もったいないって、否定するところはそこなのかよ」

仲祥のツッコミは無視して、朱瑛は緇媚に言った。

「蘇総監が藍施様の遺体を井戸に投げこんだのを、わたくしはこの目で見たのです。藍施様は玉にされてしまったのですわ」

「あなた、夢でも見たのではないの？」

緇媚はにべもなくそう言って、ぷいと横を向いてしまう。

「うーん、結構思いこみが強い性格だな」

「おかげで蜃はよく効きましたけどねー」

仲祥が頭を掻くと、縹月が笑った。

「よほどいい夢を見ていたようで、僕のこともなんの疑問にも思わなかったようですし」

「待てよ。蜃？」

縹月の言葉に、仲祥がはたと気づいたように考えこんだ。

「どうしましたの？」

「ここ、もしかして蜃じゃないのか？　黄庭宮自体が蜃で覆われているんだ」

仲祥の言葉に、款冬も納得したようにうなずいた。

「つまり、外に出られないように道を惑わす幻覚を見せているということか？」

「そうだとしても、蜃が効きにくい朱瑛でさえ出られないってことは、相当強い術だ。……俺にはたぶん破れない」

だが上帝だという款冬ならできるのだろうか。仲祥が窺うように視線を向けると、款冬は少し考えてから言った。

「……術の核になっているものを破壊すればどうにかなるかもしれない」

「術の核、ですの……？」

少し考えれば、すぐに思い浮かぶものがある。そんなものはこの黄庭宮にひとつしかないと。

「ちょっと、私を無視して話を進めないでちょうだい！」

款冬が本当の上帝とは知らない緇娟が騒ぎたてる。それにかまわず、朱瑛は言った。

「あの井戸、ですわね」

黄庭宮の中心にあるもの。そして亜玉を生みだすところ――。

それしか考えられないと、仲祥と款冬もうなずいた。

「しかしあれを壊すといっても、どうすればいいんだろうね？　井戸枠……つまり地面から上の部分を破壊しても意味がない。本体は地中にあるんだから」

「周囲から土を掘っていって、形を崩せばいいんじゃないか？　気の遠くなるような作業だけど……」

　仲祥が言うと、款冬は首を振った。

「そんなことをしていたら、すぐに蘇総監に見つかるよ。なにか、一瞬で破壊できるような方法があればいいんだが——」

「ありますわよ」

　款冬の言葉に、朱瑛があっさりと答えた。

「え、あるのか？」

「煉丹術に不可能はありませんもの」

　驚いて視線を向けてきた仲祥に、朱瑛は誇らしげにうなずいた。

「しかも、そろえなければならないもののひとつはここにありますし、もうひとつもできていて、朱雀殿にあります。ただ井戸を壊すとなれば量が必要ですので……いっそのこと井戸のなかで直接仕上げてしまいましょうか」

　水が涸れているならば問題ないだろうと朱瑛が言うと、款冬は我関せずと黙っていた縹月に視線を向けてうなずいた。

「わかった。朱雀殿には縹月を行かせて、私たちは先に井戸に向かおう」

「ええ？　僕がですかー？」

面倒くさそうに答えた縹月だったが、「おまえが一番目立たずに動ける」と款冬に命じられると、あきらめたようにため息をこぼした。

そんな彼に、煉丹部屋に入って右側の棚にある一抱えほどの甕を持ってくるよう、朱瑛が告げたときだった。

「私も一緒に連れていってくださいませ！」

かけられた声に振り向くと、寝所の扉を開けて立っていたのは緇娟の侍女である花梨（かりん）だった。

「申し訳ありません、緇娟様。話し声が聞こえたので、部屋をのぞかせていただきました。朱瑛様たちの言葉はきっと本当です。ここにいれば私たちは殺されてしまいます」

「花梨？　あなたなにか知っているの？」

「実は、藍施様が殺されたあと、私……恐ろしくなって黄庭宮を抜け出そうとしたのです。ですが隧道のなかで迷ってしまって、出られなかったんです」

「あ、あなた、脱走しようとしたの!?　私を置いて？」

「すみません……」

目を伏せた花梨に、なおも緇媚が言いつのろうとしたときだった。

「まあ、お話は後にいたしましょう。いまはそれどころではありませんので」

朱瑛は取りなすように緇媚の肩を叩いた。

いずれにしても、もはや黄庭宮にいる女性は三人だけだ。どのような形で黄庭宮から出られるかわからない以上、一緒にいた方がいいだろう。

「では参りましょうか。ああ仲祥、これをお願いしますわね」

「……なんだこれは？」

仲祥が怪訝な声をもらした。朱瑛が彼に背負わせたのが、さきほどまで緇媚が使っていた絹布団だったからだ。

「まあ、ご存じありませんの？　布団と言うのですわ。寝るときに身体を冷やさないよう、下に敷いたり上から掛けたりするもので――」

「そんなことくらい知っとるわ！」

朱瑛の頓珍漢（とんちんかん）な回答に、仲祥が吠えた。金糸で黄龍が刺繍された立派な絹布団をつかみ、朱瑛に詰め寄る。

「こんなものを持っていって、どうするのか訊いてるんだよ！」

これだけ大きなものを運ぶとなれば、人目につきやすいし、なにより動きづらいと仲祥はうったえる。

「だって、そのなかには綿がたくさん詰まっているでしょう?」

「……それが?」

どうしたとばかりに眉をひそめる仲祥に、朱瑛はにっこりと笑みを浮かべた。

「だからですわ」

まったく意味がわからない。しかしもはや訊いても無駄だと悟っているのだろう。あきらめたように彼はうなだれた。

そうして麒麟殿を出た一行は、蘇総監に気づかれないよう松明をつけることなく、月明かりのみを頼りに井戸への小径を歩きだす。

あたりが静寂に包まれ、聞こえるのは木々のざわめきと、落ち葉を踏みしめる音のみだ。

それを耳にしながら、朱瑛はふとあることに気づいた。

「そういえば、款冬殿。五十年の間、選秀女で生まれた御子はいないとおっしゃっていましたわよね?」

「……ああ。私の母は、身分の低い妃嬪(ひひん)のひとりだったからね」

選秀女は帝玉を生みだすためのからくりだという。そうであるとするならば――。

「つまり款冬殿は――」

帝玉を持っていないのだろうか。

そう訊ねようとした朱瑛を遮るように、唐突に款冬が「君は――」と口を開いた。

「君は、ここから出られたらどうするつもりだい？」

「どうって……、そうですわね。まずは紅龍王様に丹砂を取り立てに参らなければなりませんわ」

唐突な問いに面食らいながらも、朱瑛はちらりと款冬へ視線を向けた。

結局紅龍王からは、丹砂のひとかけらも届いていない。そういえば、上帝に彼への伝言を頼んだ件はどうなったのだろうと。

「私の妃になって、東の後宮に入る気は？」

「はい？」

虚を衝かれて朱瑛は瞳を瞬かせる。

「前に言っていたじゃないか。心置きなく煉丹術ができる環境があるなら上帝の妃になってもいいと」

「それはまあ、言いましたが……」

朱瑛が言いよどむと、款冬は唐突に彼女の手を取り指をからめてくる。

「君といると、なんでもできそうな気がするんだ」

「……気のせいではありませんの？」

まだ二度しか会ったことがないのに、そこまで思いこめる理由がわからず朱瑛は眉を寄せる。

そのうえ彼の言葉がどこか薄っぺらく聞こえるのは、はじめて会ったときにも感じた黒い染みのような感情が、笑っていても、彼の瞳の奥にちらついて見えるからだろうか。

「……なにやってんだよ」

かけられた声に視線を転じると、仲祥がじっとりとした目でふたりを見つめていた。

「井戸に着いたぞ」

顎でしゃくって示された先には木々がぽっかりととぎれたところがあり、その中心に月光に照らされた井戸が見える。

とりあえず款冬のことは脇に置き、朱瑛はそこへと駆け寄った。そして虫や落ち葉が入らないように被せてある木製の蓋を取り、なかを覗きこむ。当然ながら真っ暗で、下までを見通すことはできないけれども。

「藍施様の遺体が底にあるということはありませんわよね」

「あれが亜玉なら、身体ごと玉に転じたはずだ。服くらいは残っているかもしれないが、遺体があるとは思えないよ」

款冬の言葉のとおりなのだろう。そうでなければ、十年前の選秀女のとき、姉の骨くらいは仲祥のもとに帰されたはずだからだ。

「それであなた、なにをするつもりなの？」

いつの間にか朱瑛の隣に来た緇媚が、胡散臭(うさんくさ)そうな顔で訊ねてくる。

「まずは布団を井戸に落としてくださいな、仲祥」

「ああもう、どうとでもしろよ」

名を呼ばれた仲祥が、やけくそとでも言うように、背負ってきた布団を井戸のなかに落とした。

「あとは、縹月殿が持ってきてくださるものを、ここにかけるだけですわ」

朱雀殿は麒麟殿のすぐ隣である。目立たずに動ける宦官の彼であれば、すぐに追いついて井戸まで来ることができるだろう。

「それだけでいいのかい？」

「ええ。持ってきていただく甕のなかに入っているのは、礬石水(ばんせきすい)と言うものでしてね

「――」

款冬の問いに、朱瑛はうなずいた。

「礬石水？」

「古来、これこそが仙丹ではと期待されてきたものです。ですが残念なことに、飲んでみても不老不死にはなれませんでしたの。ですけれど――」

楽しそうに語りはじめた朱瑛が、井戸から離れたところにひとり立つ款冬を振り返ろうとしたときだった。

「危ない！」

仲祥の声が響いたのと、どんと背中を押されたのは同時だった。

「あっ――」

ぐらりと体勢を崩した朱瑛は、よろめいて井戸のなかへ落ちかける。足をもつれさせながら井戸枠に手をついたところで、後ろからさらに押された。

「緇媚様……？」

顔だけ後ろを振り向いた朱瑛は、驚きの声をもらした。彼女を井戸に突き落とそうとしているのが、さきほどまで隣で話していた緇媚だったからだ。

「動かないで！」

縞娟は朱瑛の首元に短刀をあて、駆け寄ろうとした仲祥と款冬を牽制した。

「なんだよ、あんた――」

仲祥が絶句して動きを止めると、それを見計らったかのように木立のなかから宦官たちがわらわらと駆けてくる。

宦官たちが仲祥と款冬を取り囲むのを横目で見た朱瑛は、縞娟に視線を戻して訊ねた。

「縞娟様、どういうことですの？」

もはや朱瑛は、乗り出した井戸の上でどうにか身体を支えている状態である。そのうえ縞娟に伸しかかられ、少しでも気を抜けば真っ逆さまに井戸の底に落ちてしまうに違いない。

しかも彼女を押し返そうにも、白刃を当てがわれている今はそれもかなわない。無理に動けば、井戸に落ちる以前に首に刃が食いこむだろう。

肌に感じるちりちりとした痛みに顔をしかめながら、朱瑛は声を絞りだした。

「皇太后様ではなく、あなただったんですの？　白蓉様や藍施様を殺したのは――」

「だからなんだっていうの？　あなたはなんで死なないのよ。あなたの食事には、まっさきに毒を入れてやったのに……！」

まさか自分も毒を盛られていたなど夢にも思わなかった朱瑛は、目を瞬かせた。

「なんでと言われましても……。わたくしは煉丹術で丹砂や雄黄など常用しておりますから、耐性があるのかもしれませんわ」

「化け物ね」

なにを律儀に答えているのかと仲祥が気を揉んでいる前で、緇娟が忌々しげに吐き捨てる。

「あなた、妃になれない秀女の末路くらい、私が知らないとでも思ったの？　私を、選秀女のために都合よく育てられた妾の娘や罪人の娘と一緒にしないことね。私を騙そうったって無駄よ！」

「騙す？」

「選秀女でみんな殺されてしまうなんて、まったくのデタラメじゃない。最後まで生き残れば、妃として黄庭宮から出られるんだから。おおかた自分が妃になるために、私をここにおびき寄せて殺すつもりだったんでしょう!?」

「まあ、違いますわ。それにあなたを殺しても、わたくしは妃になれませんわ。だって人数が足りませんもの」

「人数ですって!?」

朱瑛が苦し紛れの嘘をついていると思ったのか、緇媚は笑った。

「これまでの選秀女では、麒麟殿の巫女と呼ばれる存在を含めて、龍の血の濃い女性が五人ほど黄庭宮に入れられていたのですわ。でも今回の秀女はそもそも四人しかいません。だから私を殺しても、あなたも妃にはなれませんわ」

「そんなの関係ないわよ！　だって皇太后様は、あとはあなたを井戸に落とせば大丈夫だっておっしゃったもの！」

「皇太后様？」

白蓉と藍施を殺したのが緇媚だというのなら、なぜここに皇太后が出てくるのか。

そう訝しんだ朱瑛の前で、緇媚は言った。

「そうですよね？　これで、私はこの忌々しい黄庭宮から出られるんですよね？　あとはこの朱瑛さえ井戸に入れれば――」

緇媚がそう問いかけた視線の先にいたのは――。

「花梨？」

いつの間にか現れた蘇総監をかたわらに従えている緇媚の侍女に、朱瑛は瞳を瞬かせた。

「まさか、花梨が皇太后様なんですの？」

朱瑛がすぐに信じられなかったのも無理はない。皇太后といえば、半世紀前の選秀女で皇宮に上がったはず。その皇太后が、これほどに若いはずがないからだ。

ちらりと視線を向ければ、上帝である款冬にとっても、予想だにしなかったことなのだろう。彼も息を呑んだまま花梨を見つめている。

「どういうことだ？ あんた、上帝だったら皇太后の顔くらい知っているはずだろう？ 本当に彼女が皇太后なのか？」

宦官に剣を突きつけられた仲祥が、戸惑った声で款冬に訊ねた。

「……皇太后はいつも面紗をしていて、私は素顔を見たことがないんだ」

「はあ!?」

「……上帝ですって？」

驚いたのは、仲祥たちだけではないらしい。款冬の正体を耳にした緇媚の手も、動揺したように緩む。しかし――。

「気にすることはないわ、緇媚殿。所詮彼はお飾りの上帝ですもの。なにもできやしないわ」

花梨にそう言われると、緇媚はふたたび強い力で朱瑛を押してくる。

花梨の言葉は、款冬が上帝であることだけでなく、彼女が皇太后であることも肯定するものだった。その場の誰もが愕然とするなか、しかし朱瑛は納得した。

花梨が皇太后だというのならば、麒麟殿の巫女の謎が解けるからだ。

「つまり、あなたが五人目というわけですわね」

「……なんですって？」

「皇太后様はもともと帝室の血を引いていると聞きましたわ。つまりはあなたが、今回も麒麟殿の巫女として黄庭宮に入っていたということでしょう？　だとしたら緇媚様、あなたは騙されていますわ。このままではあなたも――」

「緇媚殿。はやく朱瑛殿を落としてしまいなさい」

皇太后が促すと、緇媚が身を屈めて朱瑛の足をすくいあげた。

ふわりとした浮遊感を朱瑛が覚えたときには、すでに視界が井戸口に遮られていた。

「朱瑛――！」

仲祥はみずからに向けられている剣を蹴りあげると、井戸枠から身を乗り出して彼女の手を取った。しかし引き上げる前に蘇総監に体当たりされ、そのままふたりで井戸の底へと落ちていったのだった。

第六章　煉丹術は万能です！

『──がはじまるそうだよ』

褥(しとね)のなかでまどろんでいた緇媚(しび)は、兄の言葉にふわりと目を開いた。

『なにかおっしゃった、お兄様？』

緇媚が訊ねると、兄は憂いを帯びた眼差しでつぶやいた。

『また、選秀女がはじまるそうなんだ』

その言葉に緇媚は息を呑んだ。黒龍王家の娘として、それが自分に関係ないこととは、口が裂けても言えないからだ。

考えてみれば、八番目の姉が秀女として皇宮に上がってもう十年。次の選秀女の時期になってもおかしくはなかった。

『……それで、お父様はなんて？』

秀女の候補となる姉妹は何人もいる。それでも不吉な考えを拭いきれずに、緇媚は兄に訊ねた。

『父上は……おまえを次の秀女にと』

『なんですって？』

秀女として皇宮に上がった姉や叔母たちのひとりとして、黒曜宮に帰ってきた者はいないと聞いている。

みな口には出さないが、妃にならなければ、生きて後宮から出られないらしいというのは、龍王家では暗黙の了解だった。

それでも龍王家が娘を差し出すのは、帝玉を持たずに生まれた御子を、養子や降嫁という形で帝室からもらい受ける話になっているからだ。

帝室の者と龍王家の者との間には、龍の血の濃さゆえか玉を持つ子が生まれやすい。

それでもここ数十年の間、黒龍王家ではひとりも誕生していないけれども。

帝室も龍王家も互いに利があるために続いてきた制度――。しかし生贄として差し出される者はたまったものではない。

『断ってください、お兄様。私は――』

『――父上は！』

兄が緇娟の言葉を語気荒く遮った。

『おまえが秀女となれば、俺を黒龍王家の世継ぎとして指名すると――』

緇媚は息を呑んだ。

数えきれないくらいの兄弟姉妹がいても、緇媚にとって兄弟と呼べるのは、母を同じくするこの兄だけ。

なぜなら代々の黒龍王の居処である黒曜宮の後宮には、常に正妃のほか何人もの妾妃が押しこめられていて、熾烈な諍いが繰り返されているからだ。

女たちの争いに、いつだって父は無関心だった。

留守の間に服が切り刻まれたり、ものがなくなったりするのは日常茶飯事。酷い場合には、部屋に汚物が投げ入れられたこともある。

母は父の三人目の正妃であったが、その寵愛が薄れると、食事さえ満足に与えられないことが続いた。

長年の心労がたたって母が亡くなったあとは、後宮の片隅で互いのみを頼りに肩を寄せあって生きてきたのだ。

その兄が、秀女として上帝の後宮に上がってほしいという。

『私に、上帝の妃になれというのね……？』

震える声で緇媚はつぶやいた。

ずっと、ふたりだけの世界で生きてきた。なのにいまさらほかの男の妃になれなんて——。

『だけど！　心配することはない。ひそかに皇太后様が、おまえが妃になれるよう協力してくださるそうだ』

『……そう、わかったわ』

兄なりに、悩みに悩み抜いた末の結論なのだろう。

そう思い、愛する兄のためにためらう気持ちをどうにか押しとどめる。そして緇娟は心に決めた。最後のひとりにならなければならないのならば、どんな手を使ってでも生き残ってみせると。

『……それが、お兄様のためになるのなら』

兄妹である以上、どうせ添い遂げることはできない。だったらせめて兄の役に立ちたい。

それこそが緇娟の望みだったから——。

＊

「ふふ、ふふふ……はははは！」

井戸の闇へと真っ逆さまに落ちていく朱瑛を見届けると、緇媚が高らかな笑い声を上げた。

「やったわ！　これで秀女は私ひとりになった！　私が妃よ！　生きてこの黄庭宮から出るのよ！」

「ご苦労様ね、緇媚殿」

「これもみな、皇太后様のおかげですわ。この恩義はけっして忘れません。黄庭宮を出ましても、皇太后様に誠心誠意お仕えいたします」

上帝である款冬のことなど目に入っていない様子で、緇媚は皇太后の前に駆け寄り膝を折った。

つまるところ上帝の権威など、この程度なのだ。誰もが琥珀宮の主は、即位したばかりの上帝ではなく、半世紀にわたって坤寧殿から帝国を支配してきた皇太后だと認識している。

「ふふ、頼りにしているわ。あの子にかまうことはないの。言うことを聞かないのなら、代わりの者に帝位を継がせればいいことですもの」

ちらりと款冬に視線を向けながら、皇太后が艶然と微笑む。

「なにか勘違いをされているようだ。帝位というものは、神がふさわしい者へと与えるもの。あなたごときが好きにできるものではない」

「では、帝玉を持ってもいないおまえが、帝位にふさわしいとでも？」

三方の宦官から剣を向けられたまま言い放った款冬に、皇太后が哄笑した。

その笑い方を聞いてようやく款冬は、目の前にいるのが父帝の皇后だった女だと実感する。どんなときも面紗をしていて顔を見たことはなかったが、その笑い方だけは変わらなかった。

「帝位にふさわしい者とやらがいるのなら、そもそも帝玉のないおまえが上帝になんてなれるはずもなかったでしょう？　建国以来、この大瓏帝国に玉を持たない君主など存在しなかったもの。おまえは、永劫に真実の上帝になどなれやしないわ！」

「帝玉を持たない者が帝位に就かざるをえなくなったのは、あなたのせいでしょう？　この五十年、何度選秀女を行っても、帝玉を持つ赤子は生まれなかった。あなたが巫女として黄庭宮に入ってからだ」

「たとえそうだとしても、おまえになにができるの？　これまでのように大人しくしておればよかったのに。存外頭が悪かったと見えるわね」

そして皇太后は、緇媚へと視線を転じ、跪く彼女の頬を撫でた。

「その点、緇媚殿は賢い選択をしたわ。従うべき相手を間違えなかったもの」

「もちろんですわ。皇太后様のお言葉に従うよう、兄にも命じられておりましたもの」

「次期黒龍王殿は、まことに賢明な方ね」

「私はもう、この忌々しい黄庭宮から出られるのですよね？　では一度玄武殿に戻り、仕度をしてまいってもいいでしょうか？」

喜色を満面に浮かべて緇媚が言うと、皇太后は微笑みながら首を振った。

「そう慌てる必要はないわ。まだやることがあるもの」

「やること、と言いますと？」

「まずは、朱瑛殿の亜玉ができるのを待たなければなりません」

「ああ、そうですわね」

緇媚はうなずいたものの、しかし戸惑ったように訊ねた。

「朱瑛も言っていましたが、その亜玉とはなんなのでしょう。彼女の話では白蓉と藍施も、亜玉になったとか」

「亜玉とは、龍玉と同じ——龍の力の結晶のこと」

「龍の力の結晶？」

「そう。龍玉を持って生まれずとも、龍王家に生まれるような女のなかには、濃い龍の血が眠っているの。それを秀女の身体ごと宝玉のなかに取りこんでできるのが、この亜玉というわけよ」

皇太后はそう言うと、腰から下げた小袋のなかから、白と青の珠を取り出して見せた。

「まさかそれは、選秀女がはじまるまえに秀女の証として皇太后様が下さった、これのことでしょうか？」

緇媚は髪から垂れる流蘇の黒玉に触れながら訊ねる。

「ええ、そうよ。そしてこれから朱瑛殿の亜玉が井戸の底から上がってくるわ。あなたはそれを直接手にお取りなさいな」

「はい」

「ではこちらへ——」

蘇総監に誘われ、緇媚は素直に井戸端に立った。そして言われたとおり、なかを覗きこもうとする。

ふと皇太后が口を開いたのは、そのときだった。

「ああそうだったわ、緇媚殿。あなたの兄君から、頼まれごとがあったのを思い出したわ」

「まあ、兄が皇太后様になにか？」

顔を輝かせて、緇媚が皇太后を振り返る。

「兄君と仲のいい緇媚殿のこと、彼が龍王位を継ぐにあたって、今度ご成婚されることを知っているでしょう？」

「お兄様が？」

皇太后の言葉に、緇媚はそれまでの表情を一変させた。

「どういうことです？　私はなにも聞いては……」

「なんでも青龍王家の血を引く姫君とのこと。おめでたいことね」

狼狽した様子を見せる緇媚に、皇太后は笑みを深めて言った。

「それで兄君に、使い古しの愛人を片づけてほしいと頼まれたの」

「使い古しの、愛人……？」

「彼も苦労が絶えないわね。正妃を迎えるにあたって身辺を整理するのは当然としても、妹君と関係があったなんてさすがに外聞が悪いもの」

「そんな……」

　緇媚の目が見開かれる。

「だからお兄様は、私を上帝の後宮に閉じこめられるよう選秀女に？　でもお兄様は私に、黒龍王家のために上帝の妃になってくれと。愛しているのは私だけだと……」

「亜玉が上がってきたようです」

　喉を震わせながら言葉をつむぐ緇媚に、淡々とした蘇総監の声がかかる。彼女ははっと我に返って井戸に向き直った。

「どこです？」

　とりあえずは、亜玉を手にするのが先と思ったのだろう。緇媚は動揺しながらも、蘇総監が指を差すままに下を覗きこんだ。

「ほら、そこに——」

「え？　っ——きゃあああああ！」

　蘇総監に井戸へと突き落とされた緇媚は、あっという間に深淵へと沈んでいったのだった。

井戸に吸いこまれるように悲鳴が聞こえなくなると、皇太后がくっくと喉を鳴らした。

「馬鹿な娘だわ」

「ご自分が利用された娘を、そう悪くおっしゃることもありますまい」

哄笑する皇太后に、それまで黙って成り行きを見つめていた款冬が言う。

「他人のことを責められるのかしら？　どうなるかわかっていたなら、教えてやればよかったのに」

「私が言っても信じませんよ。一度あなたの仕業だと話しているのに、あなたに命じられるまま行動していましたからね」

「それもそうかもしれないわね」

井戸に落ちた緇娟のことになど、すでに興味がないのだろう。手中にある白と青の珠をもてあそびながら、皇太后がうっとりとした声をもらした。

「これでようやくすべてがそろうわ」

「すべてそろうと、どうなるのです？」

款冬が訊ねると、皇太后はそれには答えることなく彼に視線を向けた。

「さて、おまえをどうしようかしら。困ったことね。帝室には、もうあまり代わりになる者はいないというのに」

「私を殺すつもりですか？　それもいいでしょう。あなたの言うとおり、帝玉を持っていない私は、どうせ完全な上帝にはなれない身ですから」

款冬は自嘲を唇に浮かべた。

「ですがその前に、最後にひとつ教えていただけませんか？　義母上」

「なにかしら？」

「なぜあなたは、そのようにお若いのです？」

皇太后が選秀女に臨んだのは、五十年も昔のこと。いまはもう七十歳前後の老女になっているはずなのに。

「気になるの？　そうね。まあ、いいわ」

皇太后はさきほどから掌中でもてあそんでいたふたつの珠のうち、白い方をつまみあげる。そしてそのまま上を向き、款冬の目の前でそれを丸呑みした。

「そもそもおまえ、この選秀女で子を身籠った女が妃とされてきたのは、なぜだと思う？」

大人の親指ほどの大きさのものを呑み下したにもかかわらず、苦しげな様子さえ彼女にはなかった。

「さあ。あなたのように身籠ることなく妃となった人もいるようですから。私にはわかりませんよ」

「選秀女は、帝玉を生みだすためのからくり――。そう言われてきたのは、生き残った最後の秀女が、おのれの龍の血をほかの秀女の亜玉とともに胎で煉りあげ、帝玉を持つ赤子を生すからよ」

「胎で煉る？」

「ええ。そうすれば赤子とともに胎に宿った帝玉が、この黄庭宮にかけられた術を相殺して無効化し、外へ出ることが叶うというわけ」

そして皇太后は、今度は青の珠をごくりと呑みこむ。そして蛇のような笑みを浮かべながら「でも――」と言葉を続けた。

「私は気づいたの。なにも身籠る必要なんてないことに」

「どういう意味です？」

「秀女たちの亜玉さえそろえば、帝玉と同じ力が手に入る。なにも孕んだ子に龍の力をやることもない。そうなれば胎の亜玉たちは、ずっと私のものだと」

そしてそのとおりになったと、皇太后は言った。

「皇太后様——」

やがて浮かんできた黒い珠を手にした蘇総監が、皇太后に跪いてうやうやしく捧げる。

「ふふ……」

満足そうにそれを手に取った皇太后だったが、ふと眉をひそめて蘇総監に視線を向けた。

「紅の亜玉はまだできないの? 先に黒の亜玉ができるなんて」

「まだ上がってまいりませぬ」

「そう。力の強い亜玉ほど、出来上がるのに時間がかかるというものね。これは楽しみだわ」

そして皇太后は、ふたたび楽しげに款冬に向き直った。

「どこまで話したかしら」

「子を孕む必要がないことまでです」

「ああ、そうだったわね。そもそも選秀女のとき、おまえの父である先帝は、私に見向きもしなかったのよ。ほかに気に入った秀女がいてね。いいえ、そうでなくとも、異母妹にあたる私を妃にする気になんてならなかったのかもしれないわね。緇媚の兄とは違って」

皇太后は緇媚を取りこんだ黒玉を愛おしげに撫でくすくすと笑う。

「なるほど。あなたは私にとって叔母上にあたるのですか」

それを呑みこむ皇太后を眺めながら、款冬はうなずいた。

皇太后が皇族の出であることはわかっていたが、公文書ではその詳細が伏せられていたからだ。さすがに異母妹を妃とするのは外聞が悪いとされたのだろう。

「でも妃になれなければ、私が殺される運命なのはわかっていたんだもの。東の後宮で育った私は、幼いころから選秀女を生き残った妃たちの話を聞いていたから。彼女らの話の断片を繋ぎあわせ、私は藁をもつかむ思いでほかの姫たちの玉を喰らいつづけたわ」

「そして最後のひとりとなったあなたは、黄庭宮から出られたというわけですか」

「そうよ。でもあの馬鹿な兄も、それで選秀女というものの本質を理解したのでしょうね」

皇太后が嘲笑するように言った。

「最後のひとりとなって黄庭宮から出た私を、兄は妃にせざるをえなかったけれど、その後も私を召しだすことはなかったわ。子を儲ける機会に恵まれないまま、そのうち私は不思議なことに気づいたの。何年経っても老いていないことに」

「老いていない？」

「ええ。白髪も生えず、皺もできず、肌も若いまま。でも十年もするとその効力は消えてしまう。もともと選秀女が十年に一度とされていたのも、そのあたりの事情なのでしょうね」

所詮、亜玉はまがいもの、帝玉とは違うのだ。

「だけど、それでもかまわないわ。黄庭宮で作られた亜玉を呑みつづけるかぎり、私が老いることはないんだもの。これこそ不老不死というものじゃない」

「それで選秀女のたびに、秀女たちの亜玉を喰らいつづけたのですか？」

にやりと口角を上げた皇太后を、款冬は鼻で笑った。

「それで帝玉を持つ御子が生まれないようになったために、濃い血を持つ皇族が減り、麒麟殿の巫女になれる皇女もいなくなってしまった。その結果、あなたがふたたび巫女として黄庭宮に入る危険をおかさざるをえなかったとは、皮肉なことですね」

図星だったのだろう。皇太后は不快そうに眉をひそめた。

「おまえ、いろいろと気づいているようね。大人しい性格だと思っていたら、どうやら心に毒蛇を飼っているみたい。いままでは猫をかぶっていたのかしら」

「そうでなければ、帝位に就けられるどころか、とうにあなたに殺されていたでしょう？　兄のように——」

皇太后は答えなかったが、その表情だけで款冬にはすべてわかった。

「なるほど。ありがとうございます。これでいろいろと謎が解けました。やはり、この黄庭宮をこのままにしてはおけないようですね」

「どういう意味かしら？」

淡々と言葉をつむぐ款冬に、怪訝に思った皇太后が眉をひそめた。一対の眼差しがぶつかりあった次の瞬間、「皇太后様！」と叫ぶ蘇総監の声が響いた。

「何事なの？」

蘇総監へ視線を向けた皇太后は、目を見開いた。井戸から躍り出た黒い影が、彼へと飛びかかるのが見えたからだ。

「縹月（ひょうげつ）——」

その隙を見逃さずに款冬が名を呼ぶと、木の枝から飛び降りてきた少年宦官が皇太后へと白刃を突きつけたのだった。

＊

「痛ってててーー」

真下で聞こえた仲祥（ちゅうしょう）のうめき声に、朱瑛ははっと我に返って身をおこした。

ゆっくりとあたりを見まわすが、暗くてなにも見えない。しかしはるか頭上に円い光が見え、朱瑛はここが井戸の底であることを理解する。

「どうして無事だったんでしょう……？」

これほどの高さを落ちたというのに、傷ひとつ負っている様子がない。朱瑛が首を傾げていると、焦れたような仲祥の声が、彼女の座りこんでいる膝元から響いた。

「どうでもいいけど、まずはどけ！」

「まあ。そこにいたんですのね、仲祥」

先ほどから声が聞こえるだけで、どこにいるのかと思っていたのだが、朱瑛が下敷きにしていたらしい。どうやら彼のおかげで、怪我をせずにすんだようだ。

「なにもあなたまで落ちることはありませんでしたのに」

「べつに落ちようと思って落ちたわけじゃない！」

上に声が漏れないよう気をつけながら朱瑛がささやくと、仲祥が不機嫌に返す。どうやら彼女を引き上げられずに蘇総監に突き落とされたことが悔しいようだ。

「文句を言っているのではありませんわ。仲祥のおかげで助かったんですもの。感謝してますわ」

「……」

「なんですの？」

「いや、なんかあんたに素直に礼を言われると、慣れないというか、気持ち悪いというか……」

暗くて顔は見えないものの歯切れ悪くこぼす仲祥に、朱瑛は目をすがめた。

「まあ、失礼ですわね。せっかくお礼を申し上げましたのに」

「……まあ、べつにあんたが気にすることじゃない。なんか、落ちていくあんたが姉ちゃんに見えて、気がついたら手を伸ばしちまっただけだから」

仲祥はぶっきらぼうに言った。

「あと怪我がないのは、俺のおかげじゃない。さっき落としておいた布団のおかげで、身体を強く打たずにすんだからだ。それに――」

「それに？」

「落ちてくるときに、あんたの龍玉が光ったのを覚えているか？」

「そういえば、そうだったかもしれませんね」

井戸に落とされたあと、たしかに淡い光を見た気がする。

しかしはじめに瞬いたのは、流蘇の宝玉だったはず。そして次の瞬間、鮮やかな朱色の光が閃(ひらめ)いたかと思うと、それがぱきりと砕け散ったのだ。

地上からのわずかな光を弾いて宝玉がきらきらと散っていく様を、朱瑛もなんとなく覚えている。

「だからわたくし、井戸に落とされたのに亜玉にされてないのでしょうか」

「まあいいさ、そっちの話はまた後で。今はここから出ないと」

仲祥はそう言うと、狭い井戸のなかを手探りで調べはじめる。

「底に屍(しかばね)が累々と折り重なっているのも想像したけど、そうでもなかったな」

それどころか、亜玉を作りだしたあとに掃除でもしているのか、遺体どころか木の枝や砂などもほとんど入りこんでいないようだ。

壁面を触っていくと足をかけるくぼみもあり、やはり誰かが底まで下りて清掃できるようになっている。

「そうですわね。できるだけ不純物は取り除きたいということでしょうか」

彼と同じように壁に手を這わせながら朱瑛はうなずいた。

井戸の内部は煉瓦や石で補強されているとばかり思っていたが、ざらざらとしながらも冷たい感触は、金属のようだ。どうやら鋳造されていたのは地上の井戸枠だけではなかったらしい。

「これでは井戸というよりも……なんだか鍋のようですわね」

というよりも、縦に長くはあるものの、これは鋳造された鍋そのものではないだろうか。そう、食物を――いや、神への供物を煮炊きするための……。

継ぎ目を見つけることができない壁面に、朱瑛はつぶやいた。足元の布団も湿っている気配はなく、めくりあげれば底もやはりひやりとした金属でできていた。

「――きゃあああ！」

闇を切り裂くような女の悲鳴が聞こえたのはそのときだった。

緇媚の声だと気づく間もなかった。天井にあたる井戸の口から射していた光が翳り、大きなものがふたりめがけて落ちてくる。

思わず頭をかばって屈みこむが、しかしいつまで経っても衝撃は襲ってこない。不思議に思って顔を上げた朱瑛は、目を丸くした。

「まあ……」

井戸のなかほどに人が浮かんでいる。そう思った次の瞬間、光がカッとほとばしる。突然のまばゆさに目を覆った朱瑛がふたたび目蓋を開いたとき、人影はどこにも見えなくなっていた。

あるのは、ゆらゆらと淡い光を放ちながら上がっていく珠がひとつのみ。

「なんですの、いまのは？」

「……緇媚だろう。あんたをここに突き落とした」

「緇媚様って、つまり……」

亜玉にされてしまったということなのだろうか。

目の前で起きたことがにわかには信じられずにいた朱瑛だったが、やがてきゅっと唇を引き結び仲祥に告げた。

「行きましょう」

「行くって、上にか？」

「ほかにどこがあるというのです」

井戸の口を睨みつけている朱瑛に仲祥が戸惑いの声をもらすと、彼女はぴしゃりと言う。怒りのにじんだ気配に思わず仲祥は後ずさるが、狭い井戸のなかではすぐに壁にぶつかってしまう。

「わたくし、本気で腹が立ちましたわ」

「お、おう？」

仲祥が、気圧されたように言葉を詰まらせる。

「そもそも秀女の命で帝玉を生みだすなど、馬鹿にしているにもほどがありますわ。崇高な煉丹術をこのように利用するなんて、ぜったいに許せません！」

「は？　煉丹術？」

それとどう関わるのかと、仲祥が眉をひそめる。しかし朱瑛は彼にかまわず、ものすごい勢いで井戸の壁を上りはじめた。

「おい！」

手をかけるところにも不自由するはずの垂直の壁をものともしない朱瑛を、呆気にとられたように仲祥が追いかけてくる。

「ちょっと待て！　やみくもに出ても、外には蘇総監だけでなくて、宦官がわんさかいるぞ。武器も持たずに飛びかかっても、数には勝てないだろう」

急に止まった彼女にようやく追いつき、仲祥が彼女の長袍の裾を引っ張った。

「そんなこと、あとで考えればいいんですわよ」

「いやいやいや！　そうじゃなくて――」

「しっ！　静かにしてくださいな、仲祥」

引き留める仲祥を制し、朱瑛は耳をそばだてた。花梨（かりん）――皇太后の声が聞こえたからだ。

「――おのれの龍の血をほかの秀女の亜玉とともに胎で煉りあげ、帝玉を持つ赤子を生すからよ」

「胎で煉る？」

そう訊き返したのは、款冬の声だった。

款冬は、井戸に落ちた朱瑛たちが生きていることに気づいているのかいないのか、たくみに皇太后から話を引き出している。

その声に余裕さえ感じられるのは、朱瑛の気のせいだろうか。

「なっ――」

そのときだった。すぐ頭上で聞こえた声に顔を上げると、いつまでも朱瑛の亜玉が上がってこないことを訝しんだのか、それともふたりの言い争う声が聞こえたのか、井戸を覗きこむ蘇総監と目があった。

「どうにかしてくださいな、仲祥！」

「結局どうにかするのは俺なんじゃないか！」

とっさに朱瑛が言うと、そう叫びながらも仲祥が彼女の肩を越えて蘇総監に飛びかかった。

＊

それはあっという間の出来事だった。

「おまえ、どうして――」

井戸から這い上がってきた朱瑛の姿に、皇太后の表情が揺らぐ。そのとたん、パンッという音とともに、宦官たちの身体が崩れたのだ。

なにが起きたのかと朱瑛が目を瞬かせていると、いつの間にか地面には無数の土人形が壊れて転がっている。

「なんだ、いったい……？」

仲祥も、蘇総監を地面に取り押さえながらつぶやいた。

「おまえ……！」

縹月に剣を突きつけられた皇太后が、款冬に向かって声を荒らげた。

「舐めないでください。帝玉がなくても、これくらいはできますよ」

そう口にしたからには、款冬の仕業なのだろう。しかしその言葉を聞いて眉根を寄せたのは皇太后だけではなかった。

「……ということは、款冬殿。あなたははじめから、宦官たちが土人形であることも、壊す術も知っていたということですの?」

「さあ、どうだろう」

どうりで余裕な顔をしていたはずだと朱瑛が睨みつけると、款冬がけろりとした表情で微笑む。

「本当に、ムナクソ悪い方ですわね……!」

「不思議だな。君の話す言葉は、たとえ悪態であっても心地よく聞こえるなんて」

嚙みあわない会話にますます朱瑛が苛立ちをにじませると、款冬が肩をすくめた。

「そもそもこの黄庭宮から出られないのは私ではないしね。どうにかしなければならないのも」

「それがまたむかつきますわ」

否定できずにつぶやき皇太后へと視線を向けると、彼女は爛々とした眼差しで朱瑛を睨みつけている。

「おまえ……なぜ亜玉にならないの?」

「なぜもなにも、亜玉になってさえいないただの玉が、本物の龍玉に敵うはずがないじゃないか！」

款冬が吹きだすと、皇太后がはっとして朱瑛の腰に佩かれた赤褐色の珠を凝視した。

「龍玉ですって？　まさか……それが？」

そして狼狽した声をもらす。朱瑛の佩玉が真実に龍玉ならば、亜玉に勝ち目はない。亜玉はしょせん、龍玉のまがい物にすぎないからだ。

「なるほど。あの紅龍王、面倒なものを私に押しつけてきたものね」

忌々しげにつぶやくと、皇太后は開き直ったように朱瑛の顔をねめつける。

「で、どうするつもりかしら？　今度は私をあの井戸に落として、おまえが私の亜玉を喰うつもり？」

「そんなお腹を壊しそうなこと、したくありませんわ」

ぞっとして朱瑛が言うと、蘇総監を押さえつけている仲祥が「普段から劇物を飲みまくっているくせに」とつぶやく。目をすがめて彼を見ると、皇太后が嘲笑った。

「は！　でなければおまえは死ぬまでこの黄庭宮から出られないわよ!?　できるならばやってみればいいわ！」

「ですから、お断りしますわ。この黄庭宮ごと壊してしまえば、そんなことしなくて済みますもの」

「そんなこと、できるはずないじゃない！　たとえ龍玉があろうと、おまえは二度と黄庭宮からは出られないのよ!!」

「たしかに、この龍玉でここから出ることはできないでしょうね。ですけれど――」

わめきたてる皇太后を、朱瑛はじっと見つめながら言った。

「実はわたくし、ここに来てからずっと気になっていたんですの、黄庭宮というお名前が」

「……どういう意味？」

朱瑛の言が唐突に思えたのか、皇太后が怪訝な声をもらす。

「ご存じありませんの？　黄庭宮とは、五臓のなかの『脾（ひ）』を指す言葉なんですのよ。煉丹術の内丹においては、胎内で丹田とともに丹を煉るところとされていますわ」

「煉丹術ですって？」

「あなたもさきほど、款冬殿に話していたではありませんか。龍の血と亜玉を胎で煉って、帝玉を持つ御子を産みだすと。まさに煉丹術における内丹の考えそのものですわね」

そして朱瑛は、縹月が少し離れた木陰に割れないように置いていたらしい甕（かめ）を見つけると、それを取って井戸へと戻ってくる。

「そしてこの黄庭宮が帝玉を生みだす装置であるならば、中心にあるこの井戸こそ亜玉を生みだすための鼎炉で間違いありませんわ。三百年前にこの黄庭宮を創られた方は、さぞかし煉丹術に通じていらっしゃったのでしょうねえ」

嫌みのように言うと、朱瑛は甕のなかの液体を一息に井戸へとぶちまけた。

とたんに、井戸のなかから白い煙が上がってくる。

「おまえ、なにをしたの!?」

突然の煙にうろたえた皇太后が悲鳴を上げる。煙を吸わないよう、朱瑛は袖で口を覆いながら答えた。

「さきほど、甕に入っているのは、礬石水(ばんせきすい)だとお話ししましたでしょう? それも白(はく)礬(ばん)に硝石を混ぜて蒸留した、純度の高いものですわ。これが布団のなかの綿に触れますと、ご覧のとおり面白いことになりましてね――」

そしていつものごとく偏執的な笑みを浮かべ、朱瑛は足元に落ちていた小枝を拾いあげる。そして小さな火を灯して言った。

「皇太后様がおっしゃるとおり、わたくしが龍玉を持っていてできることは、この程度なんですの。ですけれど、この小さな炎を井戸のなかに入れると、どうなると思います？」

　立ち上る煙が落ち着いたのを見計らい、朱瑛は火のついた枝を、井戸の上に伸ばした。

「ちょっと待て、どうなるんだ？」

　嫌な予感に、戸惑いの声をもらしたのは仲祥だった。しかし朱瑛を止めようにも、彼は蘇総監を取り押さえているために身動きが取れない。

「嫌ですわ、仲祥。術の核を壊さなければというお話だったではありませんか」

　ころころと笑いながら、朱瑛はつきだしていた手をぱっと開いた。

「やめ――」

　炎をまとった枝が、吸いこまれるように井戸の底へと落ちていった次の瞬間――。

　ガッ――。

　轟音(ごうおん)とともに大きく地面が揺れ、井戸から火柱が上がる。

「な、なに……？　は、がは！」

　立っておられずに倒れこんだ皇太后が、苦しげにうめいたかと思うと、その口から玉が飛び出してきた。黒、青、白と――。

「いまだ――」

そう声を張り上げたのは、よろめいた朱瑛を受けとめた款冬だったのか、それとも仲祥だったのだろうか——。

「痛いですわ……」

気がつくと朱瑛は、石畳の床に転がっていた。

身体を起こすと、井戸も木々も星空もなかった。それどころか、彼女がいるのは室内で、しかも目の前には大人が四、五人いても抱えきれないであろう巨大な器物が転がっている。

幻覚が解けたのだろう。もはや黄庭宮にはいないことを実感した朱瑛は、ふうとため息をこぼしながら篝火(かがりび)に照らされたその器を見やった。

「鼎……？」

それは脚が五本ある奇妙な鼎器だった。しかも大きくひしゃげ、亀裂まで入っている。

「どうにかなったようだね」

思いのほか近くで聞こえた声に振り返ると、すぐ背後で款冬が「やれやれ」と肩をすくめていた。

あたりを見まわせば、蘇総監と皇太后をそれぞれ取り押さえた仲祥や縹月の姿もあった。

「ここが本当の黄庭宮だよ。こうして神殿がひとつあるだけの簡素な宮殿だ」

その言葉どおり、そこは円形の建物だった。輪を描くように柱が並び、鼎はその中央にある壇上に安置されていたようだった。

「やっぱり君なら、あの忌々しい黄庭宮を壊してくれると思っていたよ」

そう笑うと款冬は、立ち上がって皇太后の吐き出した亜玉を拾いあげていく。

「いつからそう思ってたんですの？」

白、青、黒――。そのひとつひとつが彼の手に収まるのを眺めながら、朱瑛は険しい声で訊ねる。

「隧道(ずいどう)ではじめて会ったときからだよ。君の持っている龍玉が、本物だと確信したときだね」

「では、はじめからあなたは、わたくしに黄庭宮を壊させるつもりでしたのね」

「私の力だけでは無理そうだったからね。君が黄庭宮にいるならちょうどいいと思ったんだ」

「あなたは……！」

はじめから利用する気だったと告げられ、朱瑛が彼に詰め寄ろうとしたときだった。

「あああ！」

大きく亀裂のはいった鼎を前に押さえこまれていた皇太后が、唐突に叫んだ。

「なんてこと……！　これは帝室に代々伝わる神器だというのに！」

「それがどうしたというんです？　何人もの秀女の命をすすってきた、忌々しい呪具ですよ。そのことは、あなたが一番わかっているでしょう」

縹月に皇太后を放すよう合図しながら、款冬は言った。

「よくもそんな……。代々の秀女や巫女たちを喰い物にしてきたのは、おまえたち上帝じゃないの！」

「そうですね。だからもうやめにしましょうと言ってるんです、私には、いまさら帝玉にこだわる必要もありませんから。もう、あっても意味のないものです」

「……私に、このまま醜く老いていけと言うの!?」

款冬の言葉に、皇太后は座りこんだまま半狂乱で叫んだ。

「そんなことが、そんなに重要なのですか？」

涼しい顔をした款冬が、苦笑して皇太后に訊ねた。

「それがお嫌でしたら、お美しいまま逝かれればいいことではありませんか」

無情に響く款冬の声に、皇太后はうわずった声をもらした。

「わ、私を殺すつもり?」

見まわせば、彼女を守る者はひとりもおらず、頼りの蘇総監も仲祥に取り押さえられたままである。

「殺す?　とんでもない。あなたは自由ですよ」

そんな皇太后に、款冬はこれ以上ないほどやさしく微笑んだ。

「ですが、いつも面紗をしていたあなたの顔を知っている者が、この皇宮にどれほどいますでしょうね。それほどにお若いあなたを、皇太后だと気づく者がいればいいのですが」

「な――」

考えてもいなかったのだろう。款冬の物言いに皇太后は絶句する。

「このまま皇宮で宮奴として生きるも、ここを抜け出して野垂れ死ぬでも、どうぞあなたの好きにされてください」

皇女として生まれ傅(かしず)かれてきた皇太后には、どちらを選んでもそれ以上の屈辱はないだろう。

「もちろん、醜く老いていくより死んだほうがましだとおっしゃるのなら、ご希望を叶えて差し上げますよ」

款冬が口唇に笑みを刻むのと、異変を察した皇宮の侍衛たちがばらばらと殿内に入ってくるのは同時だった。

「くっ――」

それに視線を走らせ、皇太后は顔をゆがめて走りだす。

この黄庭宮から出ても、どうせ簡単には皇宮からは出られない。

それがわかっているからだろう。款冬はもはや彼女に興味を失ったかのように、くるりと朱瑛に向き直った。

「ということで、朱瑛。君が最後に残った秀女――私の妃ということだね」

終章

「……あなた、寝ぼけてるんですの？」

口から砂を吐きそうな心地で、朱瑛（しゅえい）は言った。

「寝ぼけているだって？　選秀女は、最後に残った秀女が妃になる決まりだ。ならば君が私の妃になったということじゃないか。違うかい？」

しかしそんな朱瑛の心境など無視して、款冬（かんとう）は彼女の手を取り熱っぽくささやく。

「君が望むなら、丹砂（たんさ）でも雄黄（ゆうおう）でも、なんでも揃（そろ）えてあげるよ。心置きなく煉丹術ができるよう、後宮の一角を改築してもいい。だから――」

「いくら丹砂を積まれても、御免こうむりますわ」

この上なく寛容な申し出を、しかし朱瑛は鼻で笑った。思いきり手を振り払ってやると、款冬は首を傾げる。

「なぜだい？　ああ、妃では不服なんだね。なら皇后でいいよ」

「けっこうですわ」

「じゃあ、後宮が嫌なのかい？　大丈夫だよ。私にはまだちゃんとした妃嬪はいないから」

「心の底からどーでもいいですわ」

「私には君しかいないんだ。君だって、少しは私のことを憎からず思ってくれているんだろう？」

「勘違いもはなはだしいですわよ」

款冬は困ったように眉を寄せた。

「君は煉丹術さえできれば上帝の妃になってもいいと言っていたじゃないか」

「たしかにわたくしにとって、煉丹術は何事にも代えがたいものですけれどね――」

朱瑛はそう言葉を切ると、款冬に極上の笑みを向けた。

「ですがそれ以上に、あなたのようなクソ野郎の妃になるほど、落ちぶれたくはありませんの」

これ以上利用されるのはまっぴらだ。そう告げると朱瑛はくるりと踵を返した。いまだ律儀に蘇総監を押さえつづけている仲祥に「行きますわよ」とだけ言って――。

「あーあ、振られちゃいましたねー」

去っていく朱瑛の後ろ姿を眺めながら、あいかわらず緊張感のない声で縹月は笑った。

「どうするんですか、上様？」

「どうするもなにも、私が彼女を逃がすわけないじゃないか」

行先はわかっているから、いまは無理に止める必要はない。そう語る款冬に、そこまで執着する理由があるのかと、縹月は眼差しで訊ねる。

「隧道ではじめて会ったときにね。彼女に触れたところから力が流れこんできたんだよ」

「力、ですか……？」

「龍玉の力だ。紅龍王家の火の力と帝室の土の力の相性がいいことは知っていたけれど、ここまでとは思わなかったよ」

土は地中にて金を抱き、金は凝結によって水をまとう。やがて集められた水が木を育て、その木は燃えて火の源となる。そして火は、灰となってふたたび土に還る――。

それは永劫に続く万物の流転。

いつの時代でも紅の龍玉の持つ力は、帝玉の力の源となってきたのだ。

「彼女がいれば、私は不完全な私から脱却できる」

帝玉を持たない上帝——。

款冬の持つ、その事実が覆ることはない。しかし彼女をかたわらに置きさえすれば、なにひとつ問題はなくなるはずだ。

『理解不能ですわ。龍玉なんて、そんなたいそうなものでもありませんのに』

これまで彼に、そのようなことを言った人がいただろうか。どこまでも清々(すがすが)しい気持ちで、款冬は笑った。

「だったら、もう少し好かれるように振る舞えばよかったのに。心にもないことを言うのは、得意じゃないですか」

そう縹月が言うと、款冬は嫌そうに顔をしかめた。

「心外だな。きわめて紳士的に振る舞っていたじゃないか」

「だって上様。皇太后の正体はともかく、黒秀女が皇太后の手先だってことは、早々に気づいてたんでしょう？」

款冬は、唇をゆがめただけでなにも答えなかった。しかし縹月にとっては長く仕えている主だ。それだけですべてを理解する。

「なんで教えてあげなかったんです？　彼女が井戸に落とされたとき、もし本当に亜玉にされてたらどうしてたんですか？」

「そうなっていたとしたら、彼女の玉もまた偽物だということだね」

つまり試したのだ。彼女の龍玉が確実に本物かどうか。

「そう考えていたことを知られたら、ますます嫌われるの決定ですねー」

悪びれずに話す款冬に、縹月は「あはは」と笑った。主の性格は理解していたはずだが、どうにも歪んでいる。

しかしこのいびつさを心地よいと思ってしまう縹月も、きっとまともではないのだろう。

「黄庭宮のことだってそうですよ。本当は鼎を壊さなくても蜃を破ることくらい、できたはずでしょうに」

その使用目的がなんであれ、帝室に代々伝わる神器だ。なにも破壊する必要なんてなかったのにと、縹月は言った。

「帝玉を持つ者なんて、今後ほかに生まれてもらっては困るからね」

自分がけっして持ちうることのない帝玉。それを手にした者など、たとえ我が子であろうと、許すことなどできようか。

「あいかわらず病んでますよねー」

紅秀女に逃げられても仕方がないと、縹月が肩をすくめた。

「しかし彼女の龍玉が紅色で幸いでしたよね。紅龍王家にだって帝室の血は入っていますし、もし先祖返りで持って生まれたのが帝玉だったとしたら——」

考えるだけでも面倒だと、縹月は笑ったのだった。

「あんた、これからどうするんだ？」

憤慨して黄庭宮から出た朱瑛を追いかけ、仲祥は訊ねた。

そして首を傾げる。「行きますわよ」と言われて思わずついてきてしまったが、もう彼女とともにいる必要などないのではないかと。

「決まっているじゃありませんか。紅龍王様から丹砂を取り立てに参るんです」

「は？」

「もう選秀女は終わりましたもの。わたくしは紅龍王様に言われたとおり、最後まで秀女を務め上げたのですから当然でしょう？」

「……あんたには、本当にそれしかないんだな」

このまま踏み倒させてなるものかと言い放った朱瑛に、仲祥の口からなぜか笑いがこぼれた。

「そういう仲祥こそ、どうするんですの？」

反対に訊ねられ、仲祥は少し考える。

とりあえずの目的だった、姉の亡くなった経緯は知ることができた。

生きていればとの願いは叶わなかったけれど、同じことが繰り返されないのならば、姉に対するせめてもの餞（はなむけ）になっただろうか。

家を再興しろというのが姉の望みではあったけれど、いまはまだどうしていいかわからない。あの、他人を利用することを屁（へ）とも思わない計算高い上帝に仕えるのも、正直気が進まない。

「行くところがないなら、わたくしと一緒に来てもいいですわよ。ふいごを使ってくださる人は、いつでも大歓迎ですもの」

「俺は――！」

上からの物言いに反論しようとした仲祥だったが、しかしふと息を吐き出し、やがてあきらめたようにつぶやく。

「まあいいか。しばらくあんたと一緒に行くのも」

白みはじめた空の下、どちらからともなく歩きだした仲祥の胸元から小さな玉が覗くのを、朱瑛は見た。

彼の首から下げられたそれは、琥珀のようでもありながら、まだ淡い陽の光を弾いて金色に輝いたのだった。

参考文献

『煉丹術の世界　不老不死への道』秋岡英行・垣内智之・加藤千恵著（大修館書店）

――本書のプロフィール――

本書は書き下ろしです。

小学館文庫

龍の後宮

著者　宮池貴巳

二〇二一年七月十一日　初版第一刷発行
二〇二一年八月十七日　第二刷発行

発行人　飯田昌宏
発行所　株式会社 小学館
〒一〇一-八〇〇一
東京都千代田区一ツ橋二-三-一
電話　編集〇三-三二三〇-五六一六
販売〇三-五二八一-三五五五
印刷所――――凸版印刷株式会社

この文庫の詳しい内容はインターネットで24時間ご覧になれます。
小学館公式ホームページ　http://www.shogakukan.co.jp

ISBN978-4-09-407034-7

陰陽師と無慈悲なあやかし

中村ふみ

イラスト　睦月ムンク

陰陽寮の新米役人・大江春実の夢は、
立派な陰陽師になること。
自分の式神がほしくなり召喚したところ、
美形のあやかし・雪羽が現れるが……。
相性最悪コンビ誕生、平安なぞときファンタジー！